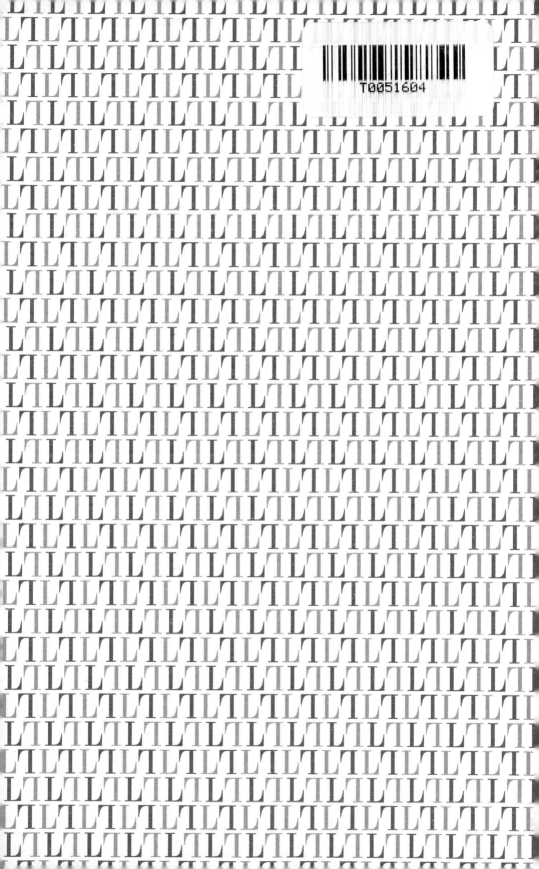

T0051604

Como de aire

Como de aire

Ada d'Adamo

Traducción del italiano de
Celia Filipetto

Lumen

narrativa

Papel certificado por el Forest Stewardship Council®

Título original: *Come d'aria*

Primera edición: febrero de 2024

Printed in Spain – Impreso en España

ISBN: 978-84-264-3064-9
Depósito legal: B-21442-2023

Compuesto en M. I. Maquetación, S. L.
Impreso en Unigraf, S. L., Móstoles (Madrid)

H 4 3 0 6 4 9

A Alfredo,
hombros anchos, manos de piedra

Este libro es la historia real de Daria y mía. Nuestros nombres y los de las personas, mayores y pequeñas, más cercanas a nosotras son reales. Los demás son inventados, incluidos los de los niños, pero las palabras siguen siendo auténticas.

A. d'A.

Gravedad

Birth is not so much a beginning as it is an abrupt change in which suddenly there are different factors than those in the womb, and there is gravity.

STEVE PAXTON*

Eres Daria. Eres D'aria, de aire. El apóstrofo te transforma en sustancia leve e impalpable. En tu nombre hay un destino que no te hace terrenal, porque nunca has conocido la fuerza de la gravedad que te llama a la tierra. Gravedad que conoce todo aquel que nace en cuanto viene al mundo. Gravedad que el bailarín transforma en arte cuando levanta el vuelo y vuelve a la tierra para caer y levantarse otra vez. Tú no conoces el esplendor cotidiano de estar de pie, el «pequeño baile» que a todos mueve en la aparente inmovilidad del cuerpo vertical. Tampoco imaginas el misterio del peso que cambia de una pierna a la otra y origina el paso.

---

* «El nacimiento no es tanto un comienzo como un cambio brusco en el que de repente hay factores distintos a los del útero, y está la gravedad». (*N. de la T.*).

Es otra la gravedad que te atañe: «condición preocupante o que anuncia peligro». Condición que siempre acompaña los documentos que te definen: «minusvalía grave», «discapacidad visual grave», «deficiencia grave», «contribución para discapacitados muy graves»...

Que la tierra —la vida en esta Tierra— te sea leve, eso te deseo a diario. Y el augurio va seguido de la acción, porque con solo esperar no basta.

Eres Daria, serás D'aria, de aire.

Prólogo

Es necesario narrar el dolor para sustraerse a
su dominio.

RITA CHARON

De un tiempo a esta parte ya no me acuerdo de las cosas. Me
cuesta ponerle nombre a las personas, pronunciar las palabras.
«Por la menopausia», dice mi ginecóloga homeópata.

Menopausia inducida, para ser más exactos.

Tratamiento hormonal. Desde hace casi dos años.

Tumor metastásico de mama en estadio cuatro.

Ductal infiltrante.

Mama derecha, cuadrante superior.

Metástasis ósea en D6.

Un estornudo fuerte y crac... la vértebra dorsal...

Y no, no era una contractura. No fue por culpa de la clase
de baile que acababa de terminar, ni por el esfuerzo de levantar
todos los días tus escasos veinte kilos.

Tardé lo mío en entenderlo. Incluso después del informe
inequívoco del TAC, mi mente se negaba a desenredar esa pequeña madeja que me había crecido en el pecho y tirar del hilo
desde la causa hasta el efecto, hasta el tejido que se había des-

garrado en mi espalda. Conectar la parte delantera de mi cuerpo con la trasera: eso era lo que tenía que hacer, sencillamente. Y no fui capaz.

1

En noviembre de 2016 estabas ingresada en el hospital para una nueva operación de estómago, la tercera. Y por eso me salté la ecografía de control de mama. Pensaba ponerle remedio en cuanto volviéramos a casa, una vez recuperado el ritmo regular que marcaba nuestros días: casa, colegio, centro de rehabilitación... Pero no, se me olvidó, a mí que cada seis meses me hacía las pruebas, alternando la ecografía y la mamografía con rigor policial.

Aquella hospitalización tuya fue más larga y agotadora de lo habitual: la malla antirreflujo que te habían confeccionado unos años antes (sí, en la jerga médica se dice así, ni que el fondo gástrico fuese una prenda de vestir) había colapsado y tuvieron que rehacerla. Además, estaba la hernia diafragmática: había que recolocar el estómago en su sitio y anclarlo bien para evitar que se saliera de nuevo (como ocurrió la vez anterior) y afectase a la función respiratoria.

Las horas posteriores a la operación debías pasarlas en la unidad de cuidados intensivos, donde no nos estaba permitido quedarnos. Y así, papá y yo nos encontramos extrañamente libres para salir del hospital e irnos a comer algo. Recorrimos en coche los pocos kilómetros que nos separaban del centro urbano de una pequeña localidad costera. Las calles estaban desiertas, la pizzería que el portero del hospital nos había indicado («Decidle que vais de mi parte») estaba cerrada por vacaciones. Por lo demás, era noviembre, el mes de los muertos, y para el turismo de playa, el mes muerto por excelencia. Nos conformamos con el único local que vimos abierto, mezcla de bar y pub, frecuentado por unos pocos parroquianos solitarios, apostados con miradas llorosas frente a una cerveza o un Cynar.

No era la primera vez —ni sería la última— que nos encontrábamos así, frente a frente, dispuestos a todo por unas horas de sueño, ávidos de una ducha caliente y una comida que no fuese un bocadillo. Sin embargo, el sentimiento de culpa («Ella está allí, sola, en la UCI y nosotros aquí, juntos, comiendo fuera») no conseguía llenar del todo nuestras cabezas vacías, perdidas tras la vaga sensación de libertad por aquella inesperada salida nocturna en pareja, que rompía la rutina marcada por los turnos y los roles.

Cuando estabas en el quirófano o en la UCI, no teníamos ningún derecho sobre ti, ni voz ni voto. Otra persona vigilaba tu sueño, tu respiración, tu llanto. Afuera, nosotros nos enfrentábamos a la espera. Simulábamos los tiempos —preparación, anestesia, intervención, el despertar—, nos apostábamos frente a las puertas cerradas, interrogábamos con miradas mudas a una enfermera que pasaba. Finalmente, como un reclamo en los recovecos de un bosque, de aquellas cuevas oscuras surgía tu llanto inconfundible. Alguien se apresuraba a llamarnos. «¡Deprisa, vamos, deprisa! ¿Quién de los dos pasa?». «¡Mamá!». Y hasta mí, como una bofetada, llegaba el aullido de tu rabia desesperada. Tú no hablabas, pero a mí me parecía oír tus palabras: «Mamá, ¿por qué me has hecho esto?».

Papá se quedaba fuera, esperando, durante un tiempo que yo nunca lograba cuantificar. A veces aparecía de pronto junto a la cama, con bata, gorrito, fundas en los zapatos, y casi no lo reconocía. Había sobornado a una enfermera, con ese ingenio napolitano suyo que me daba un poco de vergüenza, pero que en el hospital bendije secretamente en más de una ocasión porque a mí que me daba apuro incluso preguntar. Sus manos grandes sobre tus ojos anegados en llanto. «Amorcito de papá. Te vas a poner bien...», susurraba.

Pero esa vez ambos tendríamos que esperar fuera hasta el día siguiente. Papá se había ido a regañadientes al *bed & breakfast* y yo, tras volver a la sala, me encontré con la amarga noticia de que necesitaban tu habitación para alguien que trasladaban desde urgencias. Si tú te quedabas sin cama, yo me quedaba sin sillón cama. «Lo siento, señora, esta noche tendrá que arreglárselas como pueda», me dijo la jefa de enfermeras indicándome la salida.

2

Mientras estaba embarazada de ti trabajé con pasión en un libro sobre teatro y discapacidad. Tuve que pensar cómo estructurar el volumen, editar los textos, elegir las fotos de un extenso archivo de imágenes. El libro narraba la experiencia de un taller integrado en el que durante años habían participado chicos con y sin discapacidad de los colegios de Roma. En esos días leía las declaraciones de los teatreros, los comentarios de las familias y de los propios niños/actores; componía secuencias fotográficas de caras cómicas y perturbadas, de miradas ausentes o enloquecidas, de gestos mínimos seguidos de acciones sorprendentes. La tenacidad de los operadores y los arrebatos de los participantes me convencían, me conmovían incluso.

Sin embargo, seguía intacta dentro de mí una sensación de lejanía y distancia. «Espero una niña sana», me decía. «Esto nunca tendrá nada que ver conmigo». Creía que la mera convicción de no querer un hijo inválido («No sabría qué hacer, no sería capaz», me repetía con fuerza) bastaba para protegerme de semejante posibilidad. «Además existe la amniocentesis, existe la ecografía morfológica: con estas pruebas se puede saber todo de antemano y, si fuese necesario, optar por el aborto terapéutico».

A veces, cuando te miro, vuelvo a pensar en las caras de esos chicos, con sus máscaras cotidianas. Imagino que un día podrías ser tú quien interpretara a la Sirenita en silla de ruedas sobre el escenario de un teatro y que yo podría estar entre el público aplaudiéndote. Pienso que mientras escribía, tu mirada oblicua y sonriente asomaba ya entre las páginas de ese libro. Y que ahora nosotros también formamos parte de esa gran familia.

Cuando tienes un hijo discapacitado caminas por él, ves por él, tomas el ascensor porque él no puede subir las escaleras, vas en coche porque él no puede subirse al autobús. Te conviertes en sus manos y sus ojos, en sus piernas y su boca. Ocupas el lugar de su cerebro. Y poco a poco, para los demás, tú también acabas siendo algo discapacitada: una discapacitada por poderes.

Estoy segura de que por eso muchas personas me llaman por tu nombre. Un lapsus frecuente, un proceso de identificación inevitable. Pasarme horas y horas en los hospitales, en los centros de rehabilitación, en las consultas de atención primaria, acompañada de médicos, enfermeros, fisioterapeutas, familias de discapacitados, no hace más que acelerar esta progresiva sustitución de la identidad. No soy yo, soy «la mamá de Daria». Mejor dicho, soy «la mamá» y punto. Cada vez que entro en una sala del hospital me desprendo de mi pellejo y me convierto en «mamá». Así nos llaman las enfermeras. «Señora» no. «Mamá». Dejo de ser mujer, dejo de ser persona, soy un rol, una «función de ti». Por lo demás, somos nosotras, las madres, las primeras en llamarnos así.

«¿Te pica? Mamá te rasca», le dice Tatiana al pequeño Lorenzo, acostado en la cama que está frente a la tuya, durante una interminable noche de llanto.

¿Te duele? Mamá te masajea. ¿Tienes calor? Mamá te abanica. ¿Tienes frío? Mamá te tapa. ¿Te arde? Mamá te sopla la pupa.

¿Tienes sueño? Mamá te acuna. ¿No duermes? Mamá te cuenta un cuento. ¿Lloras? Mamá te consuela.

Las salas de espera son lugares de encuentro. Madres e hijos, a veces padres. En los niños te veo de nuevo a ti muy pequeñita o una proyección tuya siendo más mayor en un futuro próximo. En las mujeres me miro al espejo. Encuentro en ellas partes de mí, pruebas de valentía y momentos de fragilidad en igual medida.

En las parejas escudriño jerarquías y roles, relaciones de fuerza y dependencias recíprocas. A veces me horroriza lo que veo. Mujeres con depresión, con sobrepeso, aferradas a bolsas de patatas fritas y bebidas gaseosas, eternamente en chándal y zapatillas deportivas. Mujeres con ojeras por las noches insomnes, con los brazos cubiertos de arañazos y mordiscos de sus hijos, con el pelo sin ver un peluquero desde hace meses. O, al contrario, madres heroínas: las que tienen superpoderes, maquilladas y de punta en blanco a cualquier hora del día, que no pierden el ritmo, no muestran el menor signo de debilidad. Y luego madres hienas, siempre cabreadas, perennemente a la defensiva porque «pobre del que toque a mi hijo». ¿Antes también eran así? Y yo, ¿cómo era yo antes? ¿Y en qué me he convertido? No quiero ser como ellas.

En las salas de espera, ante el dolor ajeno, las heridas vuelven a abrirse. Mi tormento es el suyo, un multiplicarse a la enésima potencia. Al principio no podía soportarlo. En el hospital ambulatorio pasaba días enteros detrás de unas gafas oscuras mientras ante mí pasaba el infierno.

Algunas figuras se me quedan grabadas en la memoria.

Una chica en silla de ruedas se muerde sin parar la mano derecha mientras su madre intenta impedírselo una, diez, cien veces. El hematoma violáceo en el dorso de la mano.

Un niño pequeño aúlla a intervalos regulares. Igual que un lobo. ¿Cómo será tener en casa un lobo que aúlla todo el día?

Una niña sordociega hace pedorretas. Sé que es su estrategia para sentirse, sin embargo no lo soporto, es más fuerte que yo. ¿Cómo se puede aguantar todo el día con un sonido tan molesto en los oídos? ¿Qué haría si me ocurriese a mí?

Una pareja de progenitores, ella de unos cincuenta años, él más viejo. Una hija adolescente medio tumbada en la silla de ruedas, con babero gigante, el termo lleno de una papilla rara. La madre —con unos zapatos de salón de medio tacón— alterna veloces cucharadas con otras tantas limpiadas veloces de la boca. El padre —melena completamente blanca— la mima con infinitas caricias después de la comida. Reparto de tareas, juego de equilibrios que puede hacerse añicos por cualquier nadería. Lo he presenciado decenas de veces: discutir por la manga de un pijama puesta del revés, por una almohada mal colocada, por un gotero rozado accidentalmente. Todos esos reproches se apiñan contra la fina película del silencio, preparados para salir a presión como un chorro de vómito, con las noches insomnes como detonante. Nuestro trío se encuentra frente al trío más viejo. Nos veo a nosotros tres, como en un espejo, en una época no lejana en la que nuestros ojos estarán algo más apagados que hoy. Como los de la mujer del medio tacón, la melena y el termo. Me invade la angustia, miro a tu padre y sé que él también nos ve a nosotros tres, justo ahí enfrente, reflejados en el futuro que nos espera. Nos abrazamos como dos náufragos condenados a sobrevivir.

Y después me acuerdo de Morticia y el hombrecito Michelin, madre e hijo. Ella, flaca como un fideo, vestida completamente de negro, los ojos maquillados con sombra oscura, la piel blanquísima, el pelo lacio, azabache. Él, ocho años, la cabeza rapada, hinchado por la cortisona, sentado en la cama frente a la nuestra. Está haciendo los deberes. Tiene un tumor cerebral y, mientras espera la muerte, hace los deberes. No juega a la PlayStation, no tiene berrinches, no escucha música, no se queja. No: hace los deberes en su cuaderno y se esfuerza al máximo para no molestar.

De noche, en el hospital me resulta casi imposible dormir: si tengo suerte, me mantienen despierta los problemas de los demás; pero con frecuencia eres tú la que se encuentra mal y me necesita. El día parece no llegar nunca. Una de las veces que me despierto, me levanto del sillón cama y lo veo ahí, al hombrecito Michelin, en la penumbra, frente a mí. Se ha incorporado para sentarse en la cama y me lanza una mirada que jamás olvidaré. Un pequeño Buda silencioso, una esfinge impenetrable. No dice nada, no se mueve, no sonríe, casi no respira. No quiere molestar, no quiere despertar a su madre, se preocupa por ella. Tanto autocontrol, tanta conciencia de la propia situación me aterran. Es una criatura ultraterrena. Antes de salir del hospital, abrazo a Morticia. Qué distinta es vista de cerca. Sus ojos, una vez superada la orilla negra del maquillaje recargado, son clarísimas aguas transparentes en las que podrías ahogarte. Saludo a su niño bueno, educado, estudioso. Lo imagino caminando ya hacia otro mundo.

23 de abril de 2012

En el parque paseo contigo, tú vas en silla de ruedas.

Se acerca una niña de cuatro años, acompañada de su madre.

«¿Qué le ha pasado, se ha golpeado?», me pregunta la pequeña.

Su mamá se inclina hacia ella y, con mucha dulzura, le susurra unas palabras al oído.

La pequeña contesta señalando la silla de ruedas: «Pero ¡ahí tienen que ir las personas mayores, no una niña!».

3

Tras el diagnóstico me prescribieron un corsé para evitar el riesgo de aplastamiento vertebral. Además de la molestia, el calor, las llagas que las varillas metálicas me producían en el esternón, aquella armadura que supuestamente debía protegerme impuso sin apelación mi alejamiento físico de ti.

No debía realizar ningún tipo de esfuerzo, menos aún levantar peso; por lo tanto, tenía terminantemente prohibido auparte en brazos. Pesabas poco más de veinte kilos, nada para una niña de once años, pero eras larga, y tus espasmos, los clonos, eran difíciles de contener, alternabas hipotonía e hipertonía pasando de los movimientos inconexos de una marioneta a la pesadez inmóvil de un saco de arena. Contigo había que tener brazos fuertes y piernas ágiles, todo ello engoznado en una espalda de hierro. Y velocidad para esquivar los puñetazos y los mordiscos involuntarios. Sabía que no lo hacías adrede, sin embargo, no lograba ocultar un gesto de resentimiento. Pero nada de gritar o mostrar dolor, porque de lo contrario te atormentabas, te ponías de morros y había que consolarte. Era doble trabajo.

Ahora, por primera vez, un obstáculo, un impedimento físico se interponía entre tú y yo, separando nuestros cuerpos. Si intentaba tenerte un momento en mi regazo, sentada en el sillón, o le pedía a alguien que te acomodase a mi lado en el sofá, debía tener cuidado de que no te golpearas contra el metal del corsé. Cuando ocurría, me mirabas con asombro, tal vez preguntándote quién era esa mamá embutida en una postura rígida y estática. ¿Adónde habían ido a parar el calor y la suavidad de mis abrazos?

Llevé aquel corsé durante seis meses, el tiempo de las consultas, las curas, los tratamientos, un tiempo pasado en el sofá —me cansaba fácilmente— que se había convertido en mi emplazamiento fijo, una especie de atalaya desde la que observaba: a la tata, que te llevaba al colegio y a terapia; a papá, que te acompañaba al ambulatorio. Tu vida seguía, siempre igual en apariencia, pero yo ya no era su motor. Me quedaba ahí, apagada como si me hubiesen desconectado del enchufe.

Las sesiones diarias de radioterapia me dejaban tan agotada que, cuando tú regresabas a casa del colegio, yo ni siquiera podía levantarme del sofá para recibirte y darte un beso. No me quejaba, aliviada por la idea de haberme salvado de la quimio.

Pero aquella cura era invisible y artera, no dejaba huellas evidentes, ni hematomas en los brazos ni calvas que ocultar bajo una gorra. Solo producía un enorme e infinito cansancio. Imaginaba que penetraba en mí a través de las pequeñas dianas que me habían tatuado en el esternón y a los costados del tórax, puntos de referencia gracias a los cuales centraban la máquina al milímetro para que las radiaciones pudieran alcanzar la lesión ósea con precisión. Tendida, desnuda de cintura para arriba, en los pocos minutos de inmovilidad del tratamiento cerraba los ojos y me concentraba en las tomas de aire del techo, en los sonidos que emitía la máquina, en sus desplazamientos alrededor de mi cuerpo. Notaba el espesor de la pared que me separaba de quien, a una distancia segura, pulsaba los botones que accionaban el brazo mecánico siguiendo una frecuencia predeterminada. Aquella pared era la frontera que dividía a los sanos de los enfermos, a los que curaban de los que eran curados. A este lado de la pared, me sentía sitiada, inerme, completamente sola. Pero en la sala de espera tampoco encontraba consuelo alguno. Observaba a mis compañeros con desapego. Todos eran mayores que yo. Algunos, ancianos y deteriorados, mostraban signos de antiguas dolencias o de tratamientos anteriores que quizá no habían surtido el efecto esperado. ¿En mi caso sería distinto? Si llegaba a superarlo, ¿con qué signos cargaría yo?

Había elegido el turno de primera hora de la mañana, y me obligué a ir andando al hospital. Todos los días, ponía el despertador al amanecer y al cabo de quince minutos ya había salido de casa. Tú seguías durmiendo, y más tarde —sentada en el banco de la unidad de radiología, con el periódico en la mano— me llegaba la foto de tu cara adormilada y sonriente, acompañada del mensaje de la tata: «Buenos días, mamá, he dormido muy bien». Si no había nadie que me escuchara, contestaba con un mensaje de voz. Sabía que te divertía oír mi voz, y quería que empezaras el día acordándote siempre de que en alguna parte, no muy lejos de ahí, yo seguía estando.

Me gustaba recorrer los pocos kilómetros del trayecto cuando la ciudad aún dormía. Los semáforos parpadeaban, los escasos coches se aferraban a las últimas oportunidades de circular a toda velocidad. Los faros y las farolas todavía iluminaban, pero no por mucho tiempo. En el bar de abajo se ponía en marcha la máquina de café, se oía el ruido de platitos, tacitas y cucharitas golpeados contra el mostrador. Delante de la entrada, una furgoneta llena de operarios y un camión de la basura se detenían en doble fila para tomar el primer y el último café.

Las calles apestaban a orina y basura. Pasaba junto a los contenedores resistiendo la tentación de seguir con la vista el rastro de un crujido. Las ratas me daban asco, trataba de ignorar su presencia manteniendo la mirada alta. Sin exagerar, claro, para no correr el riesgo de pisar una caca de perro, meter los pies en un charco de pis o en un resto de vómito, o caerme en una zanja. En las primeras horas del día, Roma se mostraba en toda su desolación de letrina.

A la entrada del túnel me tapaba la boca con la bufanda, y con la otra mano metida en el bolsillo empuñaba con fuerza el bolígrafo con espray de pimienta que me habían regalado. En el pasado nunca había tenido miedo, pero ahora sí. Aceleraba el paso, miraba alrededor, imaginaba agresiones en la oscuridad del túnel, mientras los coches pasaban zumbando indiferentes. Nadie se habría detenido.

Sin embargo, me veía reflejada en aquella ciudad desamparada y en ruinas. Y al cruzarla, la vida parecía proyectarse ante mis ojos, como dicen que ocurre cuando estás a punto de morir.

Durante el trayecto recordé con ternura a la que fui treinta años antes, las largas trenzas rubias, la falda azul y el suéter con el cuello de tul que llevaba cuando aterricé en la academia de danza: la imagen perfecta de la alumna modélica, cero maquillaje, moño impecable, y ojito con mascar chicle.

Roma me había acogido con el abrazo del anonimato y yo me había acomodado en ese hueco, escondida entre sus pliegues, libre por fin para mezclarme con la multitud de la gran ciudad. Aquí no era «la hija del hotel Mara», como me llamaban en el pueblo, y eso ya era un gran alivio.

Me marché en cuanto terminé el bachillerato, decidida a transformar la pasión por la danza en un proyecto de vida, aunque todavía no pudiera en modo alguno imaginar sus contornos. Catapultada a lo que me parecía el centro del universo, me sentía en el lugar adecuado, allí donde empezaba todo y desde donde, eventualmente, se podía partir hacia «cualquier otro destino». O al menos eso ponía en el buzón al que confiaba con ilusión mis misivas desde la capital, tras haber comprado, lamido y pegado un sello en el sobre.

De camino al hospital, notaba que afloraba el recuerdo de aquel antiguo impulso juvenil, un rastro débil, ahora enterrado bajo el peso de un desarraigo vivido durante treinta años. Treinta años oscilando entre el deseo de marcar una diferencia («Quiero hacer algo más en la vida») y la pérdida de la pertenencia («Si estuvieras aquí quizá podríamos ayudarte, pero te fuiste, ahora apáñatelas...»).

Como Metastasio, quien, ya anciano, escribió en una carta: «Todavía estoy lejos del punto del que partí», estoy convencida de que la necesidad de mantenerme alejada me pertenece. Pero es una batalla perdida, si esa necesidad nunca ha dejado de luchar contra un sentimiento de culpa igualmente tenaz. La culpa de los que partieron y nunca regresaron.

Tras mi cita diaria con la radioterapia, me encaminaba lentamente de vuelta a casa. Asediada por el tráfico, la ciudad ya había cambiado de cara. Si antes me veía reflejada en sus grietas, ahora, apenas una hora después, su ritmo acelerado me resultaba extraño. Estudiantes que emergían en oleadas de las bocas del metro, enfermeras y empleadas que bajaban del tranvía con el bolso al hombro y la fiambrera debajo del brazo.

A las ocho y cuarto, antes de que tú salieras para ir al colegio, yo ya había vuelto. Cumplido el deber del tratamiento, el día se abría ante mí. Solo tenía que dejarme tragar por su boca abierta.

4

Nunca había visto de cerca a un recién nacido. Y que tú fueras tan pequeña me pareció normal. Una naranja en lugar de la cabeza. Y esas dos gotas negras, finas y alargadas, en vez de las pupilas redondas, también pensé que eran normales. Sí, normales. ¿Y por qué no iban a serlo? Como buena primípara añosa, hice todo lo que había que hacer: análisis de sangre periódicos, amniocentesis, ecografía morfológica, todo resultó ser normal. La noche del 27 de noviembre de 2005 te colocaron a mi lado y nos llevaron a planta. Recuerdo que dormí poco y al amanecer tú empezaste a llorar. «Es normal», pensé.

Que después ibas a llorar mucho para gritar la rabia de haber venido torcida al mundo, eso lo supe más tarde. Pero entonces no. Entonces seguía siendo el momento del regocijo y el encanto. Era domingo, un día perfecto para visitar a las mamás primerizas: ningún parto programado, pocos médicos por allí, enfermeras más indulgentes con los papás y los parientes.

Vino tu padre y vinieron mis queridas amigas. Con flores. Martina dijo que eras guapa. Y que eras pequeña. Siempre tuve la impresión de que ella intuyó algo mucho antes que yo, pero la confirmación me llegó unos cuantos años después, cuando me confesó que ese día salió del hospital y en el aparcamiento llamó a Francesca para decirle: «Hay algo que no va bien».

Claro, comparada con el ternerito que ocupaba la cuna de al lado, tú eras minúscula. Me di cuenta en las horas siguientes, cuando concluyó el horario de visitas y me quedé sola con mi compañera de habitación. El gigante mamaba con avidez del pecho de su madre: dos tetas enormes que la muchacha me mostraba en su desnudez, sin dejar de repetir: «¡Mira, mira, me sale la leche a chorros!». En efecto, el líquido le brotaba espontáneamente de los pezones, impregnaba las copas protectoras del sujetador, mojaba el camisón. Ella estaba orgullosa: era la prueba evidente de su fuerza vital de madre. Mis pechos, por el contrario, eran pequeños y estaban vacíos, o al menos eso creía yo. Tú berreabas y esa joven madre me miraba con desaprobación: debía ponerte al pecho, debía cambiarte el pañal, me sugería a medias. De las enfermeras ni rastro. Me sentía sola y abandonada. El ternerito cabezón mamaba hasta saciarse y yo, de un modo u otro, superaba mi primera noche de madre en un estado de suspensión y espera que anunciaba la tormenta.

A la mañana siguiente nos citaron en la enfermería para la visita pediátrica de rutina. La doctora de guardia te midió la circunferencia del cráneo, 31 centímetros, y pidió una ecografía cerebral. Explicó que a veces la cabeza de los recién nacidos tiene una forma anómala debido al paso traumático por el cuello del útero, pero que después, con el transcurso de las horas, todo vuelve a su sitio. Cuando la ecografía estuvo lista, la pediatra vino a la habitación, se acercó a mi cama. La prueba había revelado una «agenesia del cuerpo calloso», dijo. Yo no tenía ni idea de qué significaba eso. Me explicó que el cuerpo calloso es un tejido que conecta los dos hemisferios del cerebro y que tú no lo tenías. En estos casos, añadió, el bebé puede presentar un retraso de importancia variable, leve o grave. Pero también dijo que había personas adultas sin cuerpo calloso que llevaban una vida completamente normal. En breve programarían una resonancia magnética para comprobar si se trataba de un problema aislado o asociado a otras anomalías.

«*Analgesia* del cuerpo calloso». No, no... «Agenesia». Vaya, no conseguía memorizar aquella maldita palabra.

Llamé a tu padre, que entretanto había regresado a Nápoles; llamé a la abuela, que ya venía en el coche camino del hospital. Se habían reunido con ella en Roma el abuelo y tu tía, quien, para darme una sorpresa, se había traído también a tus primas. Había que celebrar el feliz acontecimiento. Cuando entraron en la habitación los recibí llorando: estaba conmocionada por la noticia que acababan de darme, pero tenía que contenerme para no asustar a las niñas. Tía y abuela me preguntaron si te había puesto al pecho. Contesté que lo había intentado, pero que me dolía demasiado. Dijeron que tenía que probar otra vez, te pusieron entre mis brazos a la fuerza, te abrieron la boca. Lo recuerdo como un acto de una violencia inaudita. El dolor, el tirón. Tal vez algo se desencadenó en mi cerebro: un sentimiento de rechazo hacia ti. No podías haber nacido de mí, no era posible que fueses de mi sangre. Sin embargo, lo eras: tu boca pegada a mi pezón y el dolor que sentía estaban ahí para demostrarlo.

Mientras tanto me puse en contacto con el ginecólogo que había seguido mi embarazo: había trabajado en ese hospital, él me aconsejó que pariese allí. Le comuniqué ese primer diagnóstico parcial, le pedí que se informara con sus colegas del servicio, le rogué que me llamase para darme noticias. En mi fuero interno esperaba que me tranquilizase, pero reaccionó con frialdad. No me telefoneó, ni ese día ni nunca. Sin que yo me diese cuenta, había comenzado la Gran Fuga. No percibí el tono compasivo en las medias palabras de una enfermera que, cuando le pedí aclaraciones sobre la ecografía cerebral, me contestó señalándote: «Son pruebas que se hacen, sobre todo, cuando son tan pequeños...». Pequeña, pequeña Daria. Al cabo de un par de días te trasladaron a la UCI neonatal, no por tu bajo peso, como los prematuros que ocupaban las incubadoras de ese servicio, sino para practicarte «todos los controles oportunos». EEG, ECG, PEV, ERG... Tuve que acostumbrarme rápido a los acrónimos de la jerga médica.

Para verte y darte el pecho abandonaba el servicio de obstetricia y cruzaba los pasillos donde, en los bancos, oía a mis compañeras del curso preparto intercambiar impresiones sobre los primeros momentos de vida de sus hijos. Estaban cansadas pero relajadas. Al principio me saludaban sonriendo, pero cuando se enteraron de que te habían trasladado a la UCI de neonatos, empezaron a desviar la mirada a mi paso. Las tropas de la Gran Fuga iban engrosando las filas...

También me cambiaron de habitación, me asignaron una más apartada, lejos de la sala de recién nacidos, en donde tú ya no tenías derecho de ciudadanía. Te habían rebajado de categoría, y a mí contigo. Pero nadie se tomó la molestia de evitar que en la cama de al lado pusieran a una mujer a punto de dar a luz. Cuando a sus insistentes preguntas sobre el parto le contesté que tú habías nacido con un problema en el cerebro, dejó de interrogarme y se centró en sus contracciones. La envidié, el porcentaje de posibilidades de que le fuera mejor que a mí era muy alto.

De aquellos primeros días guardo recuerdos confusos, imágenes más que nada: mi bata de seda demasiado fina para el frío de noviembre, las miradas atónitas de los amigos, el dolor de los puntos que me impedía dormir, el rugido de los pensamientos que se agolpaban en mi mente.

Tengo una visión de mí misma, como si me observara desde arriba a través de una cámara de vigilancia. Evidentemente, lo que me está ocurriendo es insoportable, no logro quedarme en ese cuerpo. Me veo de pie, en el pasillo. Estoy mirando por la ventana. Abajo, en el patio, en la oscuridad, un gato busca cobijarse de la lluvia. Está mojado, aterido, asustado. Un animal solo en la tormenta... Ese gato soy yo.

5

De un tiempo a esta parte, cada vez que me acerco a ti para hacerte una caricia o darte un beso intentas morderme. Es un reflejo muscular que tienes desde siempre, y que con los años se ha cobrado alguna víctima, por suerte siempre de la familia. Pero ahora es distinto, me parece que hay algo más. Lo primero que pienso es que la tienes tomada conmigo y quieres castigarme por algo. Si ese pensamiento es cierto o no, nunca lo sabré, y esa es una de las muchas cosas de ti difíciles de aceptar.

Dentro de poco vas a cumplir catorce años, tus formas se redondean día tras día ante mis ojos incrédulos. Eras una niña y ahora tienes el aspecto de una muchacha. A saber cómo vives la transformación de tu cuerpo, a saber si sufres, si te duelen esos pezones hinchados que despuntan en tus pechos. A saber si eres de algún modo consciente de este crecimiento parcial tuyo, de esta paradoja: te conviertes en mujer, estás a punto de desarrollarte, has engordado y las piernas se te han alargado. A este incremento de peso, sin embargo, no le corresponde un desarrollo intelectual, ni la adquisición de cierta autonomía. De los pañales infantiles hemos pasado a los pañales para adultos, asearte se ha vuelto complicado, no solo por mis escasas fuerzas. La necesidad de una grúa para moverte se abre paso en mi mente y empiezo a familiarizarme con la idea de meter en casa el enésimo artilugio horrendo.

Así ha sido con todos los elementos auxiliares, que, antes de encontrar un espacio real dentro de casa, primero han tenido que encontrar un espacio en mi cabeza. Entraron, poco a poco, los distintos sistemas posturales, y después la silla de ruedas, la estática para mantenerte erguida, la sillita para la ducha, la silla orinal que en la jerga se llama «cómoda». Incluso cuando no se trataba de accesorios de grandes dimensiones, su irrupción en nuestras vidas debía superar antes el escollo de la aceptación: fue así en el caso de los tutores, del corsé, de la PEG, ese «botoncito» que cierra la gastrostomía a través de la cual podemos alimentarte e hidratarte accediendo directamente al estómago. Cada nuevo aparato es una aceptación de la incapacidad, está ahí para resaltar aquello que no puedes o no sabes hacer, y para lo que necesitarás ayuda siempre. Es un golpe cada vez, encajo la derrota y sigo adelante.

Cuando eras pequeña —y tú fuiste pequeña mucho más tiempo que los demás niños—, nuestra relación era predominantemente física. Todo se hacía mediante el contacto: piel que rozar, lágrimas que secar, barriga que masajear, pies que calentar, dedos que relajar, pelo que acariciar... Tu cuerpo hablaba, mi cuerpo se esforzaba por escuchar aquello que el tuyo intentaba decirle. Cuánta frustración, cuántos intentos fallidos, cuántos síntomas sentí en mí —los sentidos abiertos de par en par—, como si tú me los transmitieses por ósmosis: dolor de barriga, insomnio, espasmos, en una simbiosis absoluta, misteriosa y carnal a la vez. Todavía hoy, basta con que te muevas o amagues con quejarte en tu habitación y yo te siento desde la sala, por encima de las voces y el televisor, te siento incluso antes de que empieces, en una anticipación constante de la necesidad. «¡Es Daria!», le digo a papá. «¿Cómo lo haces? Yo no oigo nada», contesta él todas las veces.

Ahora que has crecido y yo he enfermado, el encaje de nuestros cuerpos ya no es posible. Después de tantas noches en vela contigo en brazos yendo de un extremo al otro del pasillo o bien en la cama, tú tendida encima de mí (barriga contra barriga), o junto a mí (tu pesada cabeza apoyada en mi hombro), ahora echo en falta esa intimidad total: aliento, olor, saliva y moco, sudor, cabello pegoteado.

Toda enfermedad rompe un equilibrio. Ocurrió primero dentro de mí y después, inevitablemente, en nuestra relación.

¿Qué cambió cuando en los informes médicos ya no constaba tu nombre sino el mío?

En el periódico, me llamó la atención una noticia de sucesos: «El padre de una mujer discapacitada, tras haberse ocupado de ella durante treinta y siete años, se quita la vida lanzándose desde la octava planta cuando descubre que tiene Parkinson». Una existencia entera dedicada al otro se precipitó y se estrelló por miedo a no poder cuidar de sí mismo para seguir cuidando de la persona a la que más quería.

Si el diagnóstico del tumor me había dado plena ciudadanía en el país de los enfermos, del que hasta ese momento, gracias a ti, solo había sido ciudadana honoraria, ¿cómo manejar mi entrada en el «lado nocturno de la vida»?

Si quería curarme, tú ya no podías ser mi centro, debía apartarme, recolocarme en otro lugar. Para sobrevivir tenía que encontrar un centro mío, el cuidado de mí misma. Pero ¿cómo? ¿Y a qué precio? ¿Acaso no corría el riesgo de alejarme de ti?

Pasé meses desorientada, huérfana de nuestro acuerdo, incapaz de cubrir una distancia que, a mi modo de ver, se agrandaba a diario. Ya no era posible la adhesión de todo tu cuerpo al mío, y eso me asustó, dejándome aturdida, privada de ti.

Pero ese también fue un paso obligado, un cambio que me forzó a reformular la relación. Comenzar desde el principio, elaborar una nueva estrategia para comunicarme contigo.

En mi escritorio seguía el pisapapeles azul en forma de corazón con la huella amarilla de tu manita, estampada en la época de la guardería. Tu pequeñez encerrada en un corazón de arcilla, como un resto arqueológico, un vestigio petrificado en el tiempo.

6

«Ahora tiene usted que salir, señora. Siéntese ahí y espere».
El anestesista es un hombre alto, elegante, de cabello cano. Su
tono es sosegado pero firme, autoritario. Tú tienes tres días
de vida, una criaturita envuelta en un arrullo y depositada en
el cilindro metálico de la resonancia magnética. No te mueves,
duermes. «El Valium no es agua...», comenta el médico. Estoy
sola en el semisótano del hospital. No me queda más remedio
que seguir sus indicaciones. Esperar a que el comedero escanee
tu cerebro y escupa su sentencia: «Malformación encuadrable
en el marco de una holoprosencefalia (HPE) semilobar, como
ponen de manifiesto la fusión de los lóbulos frontales, el aspecto extremadamente rudimentario de los cuernos frontales
ventriculares y la agenesia parcial del cuerpo calloso de la que
solo se aprecia esbozo del esplenio; también hay hipoplasia
extrema del quiasma óptico, de los nervios ópticos y de la corteza olfatoria».

Eso es lo que pone en el informe que da paso a una semana de controles: visita neurológica, visita oftalmológica, eco-
cardiografía, electrocardiograma, ecografía renal, ABR. Hay
que comprobar el funcionamiento de los órganos principales,
saber si ves y sientes y en qué medida, evaluar tu postura y tu
tono axial.

A mí ya me han dado el alta, pero me paso los días en el hospital, donde te acompaño de servicio en servicio para que te realicen las pruebas mientras que, en los horarios permitidos, entro en la UCI neonatal para amamantarte. Dócil, asimilo la rutina de ponerme la bata, la mascarilla, las fundas en los zapatos. También aprendo a sacarme la leche con muy escasos resultados. Mi pecho no quiere saber nada de alimentarte. Las enfermeras no sirven de mucha ayuda, los médicos se limitan a emitir el parte diario sin que sea posible obtener un panorama general de la situación. Nadie me explica nada, nadie me dice una palabra de apoyo. Solo órdenes y procedimientos que hay que aprender deprisa. Horarios de entrada y de salida que memorizar, cómo esterilizar el sacaleches después de usarlo, el registro del doble pesaje...

En las horas de visita viene a verte alguna amiga. Te levanto de la cunita y te enseño a través del cristal, sin ningún orgullo materno. Por la noche, en casa, me espera tu abuela, que se ha quedado en Roma unos días. Allí también tengo que sacarme la leche, para estimular ese pecho del que parece haber huido todo impulso vital. Estoy cansada, extenuada por las secuelas del parto, falta de toda energía. La abuela trata de animarme como puede, me dice que tengo que estar tranquila, que ya veremos, que tal vez no sea tan grave, pero es evidente que no sabe a qué carta quedarse, ha recibido un mazazo que la supera.

Al cabo de una semana, el teléfono sigue sonando, pero Claudia y Roberta, mis queridas amigas, han corrido la voz para evitarme al menos el suplicio de las felicitaciones. Profesionales de la organización, toman cartas en el asunto, planifican los turnos para llevarme al hospital en coche y pasan largas horas en la sala de espera mientras yo te sigo en los controles programados. En las semanas siguientes, cuando empieces a manifestar con llantos incesantes toda tu dificultad de estar en el mundo, cumplirán con su cometido pasando algunas noches en el sofá, alejándote de mis brazos para que yo pueda dormir al menos una hora. El recuerdo de esos intentos me enternece: pretendían, con el afán de su corazón y el empuje de su voluntad, calmar un llanto que habría necesitado remedios muy distintos.

Recuerdo a Mario sentado a la mesita de un bar enfrente del hospital. Me acaban de informar del resultado de la ABR y al parecer tu audición es normal. Él intenta explicarme las ventajas de esta noticia: por lo menos no vivirás aislada en el silencio. Aprecio su intento, pero no consigo sentir ningún alivio.

El término «holoprosencefalia» no tarda en entrar en nuestro vocabulario cotidiano. Internet ofrece la primera información: porcentajes, estadísticas, datos de supervivencia, edad y esperanza de vida, nivel de gravedad de las complicaciones asociadas. Pero la visión de las imágenes es insoportable. En los casos más graves, los fetos presentan horribles malformaciones de la cara: palatosquisis, ciclopía... Tendrán que pasar unos meses antes de que la red se transforme en un instrumento útil para comprender. Y para llenar el vacío dejado por los silencios y los sarcasmos de algún médico al que, con temor, me arriesgo a pedir información. «Doctor, pero ¿la cabecita le quedará así de pequeña para siempre?», digo sin darme cuenta de lo absurdo de la pregunta. «Señora, yo en su lugar me preocuparía por el tipo de vida que tendrá su hija, si conseguirá caminar...».

Estúpida, estúpida de mí. Qué idiota, qué imbécil. La verdad es que no estoy ni remotamente preparada para la tarea que me espera. Sin embargo, llega el día de llevarte a casa.

Aunque no veo la hora de abandonar el hospital, vivo esa salida como un auténtico salto en la oscuridad. Junto con tu padre, después de que te dan el alta, perseguimos por los pasillos a la pediatra que firmó el primer diagnóstico funesto. De todos los médicos, nos ha parecido la más accesible y nos aferramos a ese destello de humanidad, ávidos de sugerencias, indicaciones, explicaciones. Cargados de equipaje, contigo metida en un voluminoso cochecito heredado de tu tía (que en los días siguientes será rebautizado como «el Potemkin»), buscamos a la doctora de habitación en habitación, apuntamos números de teléfono y direcciones de su consulta privada y de su casa, horarios de visita. Calculo mentalmente la ruta para llegar, queda muy lejos de donde vivimos y yo soy bastante torpe al volante. Solo de pensarlo me aterra.

La pediatra dice que los primeros meses debo considerarte una recién nacida como cualquier otra: una frase tranquilizadora y aparentemente inocua, banal, cuya superficialidad nunca dejaré de reprocharle. ¿Cómo se le puede decir algo tan equivocado a la madre de un niño con una malformación cerebral? ¿Cómo puede alguien aprovecharse de su autoridad como médico y, al hacerlo, sembrar en una mujer el germen de un sentimiento de culpa que, en los días y los meses siguientes, crecerá en su pecho como una mala hierba hasta ahogarla? Cuando —muy pronto— empiecen los llantos y los gritos, las noches interminables, las largas horas caminando de un extremo al otro del pasillo, esa madre se convencerá de que es normal, de que todos los recién nacidos lloran, y se reprochará no tener suficiente paciencia, se convencerá de que ella es la equivocada. ¿Por qué, en esa ocasión, no mencionar siquiera la posibilidad de que se presenten crisis epilépticas, reflujo gastroesofágico, disfagia, insomnio... solo algunas de las muchas patologías relacionadas con la HPE? Tal vez hubiera ayudado, tal vez se habrían evitado meses de un infierno diario que no se puede explicar con palabras. No, no soy capaz de describir ese dolor mío, y el tuyo no me atrevo ni a pensarlo. Me salva la ilusión de que tú no conservas recuerdo alguno.

26 de noviembre de 2012

Te acompaño al colegio después de fisioterapia.

Es la una de la tarde, el patio está lleno de gritos y carreras de niños.

Mientras me afano en abrir la plataforma del salvaescaleras que nos permite subir, se acerca una niña de siete u ocho años, seguida de cerca por sus compañeras, curiosas por ver para qué sirve ese aparato misterioso.

Pulso el botón y la plataforma empieza a subir.

«¡Está volando!», exclama una niña.

«¡Está volando! ¡Está volando! ¡Está volando!», grita a coro el grupito antes de dispersarse.

Solo una de ellas se queda allí mirándome fijamente, atónita.

Se dice a sí misma, pero en voz alta: «¡No me lo puedo creer!».

«¿Has visto?», le contesto. «¡Es magia!».

Mañana cumples siete años. Felicidades, niña mágica.

7

Será por sus pechos exuberantes, pero a Francesca siempre la imaginé como madre. Incluso antes, mucho antes de que lo fuera. Y siempre pensé que deseaba ser madre. Me gustaba creerlo, me tranquilizaba, quizá encajaba con la idea que me había hecho de ella: un marido, una casa lejos del caos de la ciudad, una vida normal que el nacimiento de un hijo habría convertido en perfecta. «Pero ¿por qué no tienes hijos?», le pregunté un día a bocajarro, con una ligereza —todavía no éramos tan íntimas— que su mirada transformó al instante en estúpida frivolidad. Me dio a entender que lo estaban intentando, pero que no era tan sencillo. Aunque lo hizo con una dulzura por la que todavía hoy le estoy agradecida, en su tono no había reproche por lo inoportuno de la pregunta que yo había lanzado de un modo tan directo y desconsiderado, pero cuya sinceridad ella evidentemente había captado.

Durante la primera década del siglo XXI la vida cultural de Roma estaba en ebullición y nosotras creíamos que formábamos parte de ello. Precisamente uno de los principales acontecimientos del verano romano, en el que las dos colaborábamos, nos permitió conocernos y nos caímos bien al instante. Me encantaba su agudeza intelectual y su sentido práctico, su sensibilidad y su concreción, todo ello amalgamado con ingentes dosis de autoironía y una carcajada contagiosa que le sacudía los rizos castaños.

Cuando Francesca tuvo el primer aborto espontáneo, yo estaba en Grecia con tu padre. Fue a mediados agosto, y en aquel entonces toda Italia paraba y se iba de vacaciones. Recuerdo vagamente algo acerca de un ginecólogo fuera de la ciudad, de una consulta cerrada, de la repentina ausencia de latido. Y también recuerdo que me sentí un poco culpable por cómo me encontraba en ese momento: en otro mundo, felizmente enamorada de un hombre muy deseado, a años luz de la idea de un embarazo. Tenía la sensación de que nuestras vidas avanzaban en planos divergentes y esa falta de sintonía me producía un inexplicable malestar.

Pasado un tiempo, Francesca me comunicó la noticia de la interrupción terapéutica mediante un mensaje. No recuerdo exactamente qué decía, pero sí palabras como «mi niña» y «malformación grave». Yo estaba embarazada de ti, y en esta ocasión había un motivo de peso para sentirme culpable: desde hacía unos meses, su destino de futura mamá y el mío iban de la mano y ahora, de repente, un hecho completamente imprevisto volvía a separarlos.

Pero luego la rueda giraría en otro sentido y me tocaría a mí comunicarle una noticia que, de un modo u otro, volvería a entrelazar nuestras manos. Recuerdo que yo seguía ingresada en el hospital, eran momentos frenéticos, tal vez Francesca había intentado ponerse en contacto conmigo, pero yo no pude hablar con ella. Por fin, una noche, encontré unos minutos para devolverle la llamada, me encerré en el baño, no quería que nadie me oyera. A duras penas pronuncié aquella palabra todavía nueva para mí, «holoprosencefalia». Desde luego, no podía imaginar que mi amiga ya conocía esa palabra, que probablemente no se la había sacado de la cabeza en los dos últimos meses, que había buscado antes que yo su significado en la red y que internet le había respondido con sus diligentes estadísticas, con su repertorio de horrores. Al otro lado de la línea se oyó un gemido, una especie de sollozo ahogado a través del cual Francesca pronunció mi nombre como una invocación, y me explicó con dificultad que precisamente esa era la «malformación grave» por la que había decidido no dejar que «su niña» naciera. Uno entre diez mil casos. Dos amigas de dos. Bianca + Daria.

8

Apreciado señor Augias:

Un «muy buen» médico fue incapaz de interpretar en una ecografía que mi hija nacería con una grave malformación cerebral. Mi hija tiene hoy poco más de dos años y es una persona pluridiscapacitada, con un cien por cien de discapacidad. En los servicios de neuropsiquiatría infantil y los centros de rehabilitación me encuentro a diario con decenas de niños que nacieron prematuros. Por lo general, son ciegos o padecen de hipovisión, como la mayor parte de los nacidos antes de término. Pero la deficiencia visual casi siempre va acompañada de otras lesiones irreversibles, cerebrales o motrices. En estos años he conocido familias rotas, parejas destruidas, mujeres sumidas en la depresión. No todos disponen de la fuerza física, de las herramientas psicológicas, de la cultura, de los medios económicos necesarios para luchar contra la burocracia implacable, la crueldad de ciertos médicos y el incivismo imperante, la soledad y el cansancio, y, en definitiva, contra sí mismos y su falta de capacidad. Es por estas personas, sobre todo, que le escribo. Que la Iglesia, la política y la medicina dejen de mirar a las mujeres como putas que no ven la hora de matar a sus hijos. El aborto es una decisión dolorosa para quien debe tomarla, pero es una decisión que debe garantizarse. Aunque haya puesto mi vida patas arriba, yo adoro a mi maravillosa hija imperfecta. Pero si aquel día hubiese podido elegir, me habría inclinado por el aborto terapéutico. A los médicos que quieren reanimar a los fetos sin el consentimiento de las madres les digo que salgan de las unidades de cuidados intensivos y vayan a ver con sus propios ojos en qué se han convertido esos niños y a qué eterno presente han condenado a esas madres.

Esta carta, publicada en el diario *la Repubblica* en febrero de 2008, fue un arrebato y salió de mi pecho como un grito. Hacía un tiempo que se había reavivado la polémica en torno a la Ley 194, los antiabortistas volvían a la carga con sus batallas en defensa de la vida, en la televisión proliferaban los debates, las declaraciones, las proclamas.

En aquellos mismos días, leía —de un tirón— el hermoso libro de Valeria Parrella *Lo spazio bianco*. El tema —el nacimiento de un niño con problemas— me tocaba de cerca, y me había impactado la capacidad de la autora para transformar en materia literaria una vicisitud que yo sabía vinculada a su experiencia personal. Su escritura transmitía una sensación de impotencia, un estado de suspensión e incertidumbre, el vacío de la palabra «futuro»: sentimientos todos ellos que me pertenecían profundamente. La conciencia y la mesura de sus palabras, tan alejadas del griterío inconexo y agresivo que difundían los medios, habían provocado en mí una especie de cortocircuito. Recuerdo que al terminar el libro me senté delante del ordenador, escribí a vuelapluma aquellas pocas líneas y las mandé por correo electrónico. No se trataba de un acto de valentía, no quería demostrar nada a nadie. Sencillamente, ya no soportaba escuchar la palabra «vida» pronunciada por cualquiera de modo inoportuno: un estandarte, una bandera que agitar, en realidad, un sudario que envolvía como una condena el cuerpo de las mujeres. Los movimientos «provida», la «tutela de la vida». «¿Acaso estoy a favor de la muerte?», me preguntaba. «Y, sobre todo, ¿de qué vida hablamos? ¿De la mía? ¿De la tuya? ¿Y cómo es mi vida? ¿Y qué vida llevas tú? ¿Cuántos sufrimientos te esperan? ¿Quién puede decidir si una vida merece la pena vivirse?». Interrogantes, dudas. Ni una sola certeza. Solo la necesidad —incluso en mi condición, es más, en virtud de mi condición de madre de una hija venida al mundo— de reivindicar para todas el derecho a tomar una decisión, incluso para aquellas que decidieran otra cosa.

Quería romper la división entre madres buenas y malas. No quería doblegarme a la hipocresía, incluyéndome sin mérito alguno en el grupo de las mujeres que habían abrazado la cruz y eran citadas como ejemplo de virtud. Yo hubiera preferido no cargar la cruz a mi espalda, no había elegido la virtud. No me sentía, ni me sentiré nunca, una «madre coraje», y sabía que solo un diagnóstico prenatal fallido me separaba del bando de las consideradas egoístas, infames, homicidas. Para bien y para mal, mi vida sin ti hubiera sido distinta. Escribí que me habría gustado poder elegir. Y a oídos de algunos, semejante afirmación, no teórica sino pronunciada en presencia de una criatura que está viva y respira, sonó intolerable.

Esa noche, Emma Bonino leyó mi carta en un programa de televisión, algunos presentadores de radio y televisión me invitaron a participar en sus programas, mientras mi buzón de correo se llenaba de cartas de apoyo, enviadas en gran parte por padres de niños discapacitados que habían reconocido en mis palabras la maraña de amor y desesperación que también les pertenecía. Pero en internet, donde se compartió «la Carta de Ada», aparecieron también algunos ataques. Recuerdo un par de ellos. El primero era de un hombre convencido de que mi carta era falsa, un invento de las feministas para defender el aborto a toda costa. El segundo era de una mujer: le costaba creer que una madre pudiese escribir algo así sobre su hija. Si lo había hecho —concluía—, yo debía de tener «un montón de pelo en el corazón». Esos comentarios me hicieron daño, me llevaron a retirarme del debate político y mediático incluso antes de haber entrado.

Es una pena haber perdido los correos de todos esos padres y madres como yo cuando cambié de ordenador. Creo que habría podido aferrarme a sus palabras en muchos momentos difíciles que viví contigo en estos años. Me pregunto cómo habrán vivido ellos, en qué se habrán convertido. Espero que hayan resistido, que hayan sobrevivido, de un modo u otro.

9

«Pero ¿cómo hará cuando tenga que dar a luz?». En nueve meses, me lo habían repetido por lo menos en un centenar de ocasiones. Enfermeros, ginecólogo, anestesista... Siempre había alguien dispuesto a tomarme el pelo por mi propensión natural a desmayarme. Por lo demás, no era ninguna novedad. Me pasa desde siempre. Vacunas, dentistas, uñas encarnadas, extracciones de sangre, ciclos menstruales dolorosos. Mis amigas me han levantado del suelo más de una vez: en el supermercado, en el estreno de una película, una noche de Año Nuevo en Berlín. Me he desmayado después de las visitas ginecológicas y me siento mal cuando se habla de hospitales, sangre, enfermedades. No me perdonaré nunca aquella vez en la que me vi obligada a tenderme en la cama de la amiga a quien se suponía que iba a levantarle la moral tras una delicada intervención quirúrgica... En fin, nadie habría apostado por mí ni medio céntimo, incluida yo misma (en la última clase del curso de preparto tuve que taparme los ojos cuando nos pusieron las imágenes de un nacimiento).

Aquella mañana —era el 26 de noviembre de 2005— me desperté con picores por todo el cuerpo y, siguiendo el consejo del ginecólogo, fui al hospital a que me hicieran un análisis de sangre. Fui con tu abuela, que viajó a Roma para acompañarme. Yo estaba al comienzo de la semana cuarenta, tenía la presión alta y la doctora de turno decidió que era mejor ingresarme. Mientras te escribo, me doy cuenta de que rara vez me acuerdo de las horas previas a tu nacimiento. Después de que todo se viniera abajo, nadie me pidió nunca que las recordara. Y yo misma sé que tú, al llegar, arrasaste con todo aquello que te precedió, como esos desastres naturales cuya potencia excepcional acaba rediseñando los lugares y los rostros de las personas que los habitan. Existe un antes y un después. Y aquello que hubo incluso unas horas antes de ti, después ya no tenía mucha importancia. O sencillamente adquirió un significado distinto.

Así, en mi memoria, los recuerdos se sucedían según un patrón predeterminado que debía cumplirse. Una historia ineluctable hecha de presagios y premoniciones, de casualidades y coincidencias, salpicada por una serie infinita de peros, tal vez, si..., al final de la cual domina la gran pregunta: «¿Por qué a mí?», seguida inmediatamente de la inevitable: «¿Qué he hecho yo para merecer esto?».

Las largas horas de aquel 26 de noviembre, que desembocó en la noche lluviosa del 27, son para mí «el antes». La maniobra violenta de la mano de la comadrona para explorarme por dentro, la postura en cuclillas —un animal que gañe— para empujar con fuerza, las heces y la sangre, los puntos de sutura, para mí son el dolor de antes. Se habla mucho de cómo se olvidan los dolores del parto ante la alegría del nacimiento. Yo me acuerdo del dolor, pero el destino no quiso concederme la segunda parte del cuento. Y si la viví, ya lo he dicho, fue por el breve espacio de una noche: el tiempo necesario para transportarme hacia mi cataclismo personal, que trazaría nuevas rutas en el mapa de mi vida.

10

Tenía ocho años e iba a danza desde los tres y medio. Papá y mamá trabajaban duro en el hotel, y en 1970 la apertura de un curso de danza clásica en el colegio de monjas franciscanas fue una solución al fin y al cabo indolora para no tener que ocuparse de mí dos tardes por semana. La clase terminaba a las cuatro, pero a menudo papá se retrasaba o sencillamente se olvidaba de ir a buscarme. Cuando todas mis compañeras se habían marchado, yo me quedaba sola esperando, sentada en una silla, en el vestíbulo del colegio. De vez en cuando una monja mayor se asomaba desde el cuartito que servía de portería, yo notaba el peso de su mirada severa. Me compadecía. Aquellas largas esperas se hacían menos tristes y aburridas antes de Navidad, cuando las monjas preparaban el pesebre en la entrada. Era una natividad compuesta únicamente por buey, asno y Niño Jesús. Me fascinaba el esplendor solitario de ese nacimiento, sin la presencia de un padre y una madre. Me entusiasmaba la expresión sonriente de Jesús, a mis ojos una especie de muñeco Cicciobello gigante de mirada arrebatadora y labios pintados de color bermellón. Cómo me habría gustado tenerlo en brazos, pese a saber que estaba prohibidísimo tocarlo. Sin embargo, en esos momentos me sentía afortunada porque, sola en aquel vestíbulo desierto y en penumbra, tenía el privilegio de mirarlo todo el tiempo que quisiera, e incluso de rozarlo con una caricia temerosa y prohibida.

En nuestra casa no había ni música clásica ni libros. Si exceptuamos la mítica enciclopedia para niños *I Quindici* (mi tomo preferido era el de los cuentos de hadas, con unas ilustraciones que me atrapaban y me aterraban a la vez) y la revista *Selecciones del Reader's Digest.*

Estaba la televisión, y en 1975 la Rai realizaba pruebas técnicas de transmisión en color. Así que, en las largas tardes de invierno, después de hacer los deberes yo la encendía y, en vez de mirar los programas, me dedicaba a improvisar miniballets siguiendo las notas de Albinoni, Rossini, Chopin. En la pantalla se sucedían imágenes de flores variopintas que se abrían, pero a mí solo me importaba la música: adagios, nocturnos, urracas ladronas... Lo único malo era aquel «pruebas técnicas de transmisión» que una voz de mujer en off repetía a intervalos regulares, interrumpiendo el impulso de mis evoluciones coreográficas.

Después, un día, una de mis tías me regaló un 33 revoluciones de música clásica. Era el primero que entraba en nuestra casa: por fin tendría un disco todo mío y, lo más importante, una banda sonora digna de mis improvisaciones. Lo coloqué en el plato y esperé con impaciencia a que concluyera la obertura para lanzarme a bailar, pero... me habían regalado *La consagración de la primavera* de Ígor Stravinsky. Para mí, que no tenía ni idea de música, fue una humillante decepción. Nada de giros y piruetas al compás de tres por cuatro, nada de pasitos en puntas: aquella música sencillamente no se podía bailar. Entonces todavía no sabía por qué, solo experimentaba una frustración física que no me entraba en la cabeza. Yo quería una banda sonora con la que volar pero en el plato giraba la *masacre* contra la gracia de Stravinsky y Nijinsky. Y así, con el rabo entre las piernas, volví a las «pruebas técnicas de transmisión», al regazo acogedor de la televisión, al lenguaje tranquilizador de los pocos pasos académicos que yo empezaba a dominar.

Muchos años después volví a toparme con *La consagración*, que tanto he amado y estudiado con pasión. Un ritual de sacrificio, de muerte y renacimiento, coreografiado por Vaslav Nijinsky en 1913, cuyo alcance revolucionario yo ignoraba. Pero mi cuerpo de bailarina clásica en ciernes había captado instintivamente su esencia, aunque solo fuese por el lado negativo. Cientos de coreógrafos han intentado, con distinta suerte, domeñar con el cuerpo esa masa sonora. Algunos, los más grandes, lo han conseguido. Los hubo que declararon de entrada la imposibilidad de la empresa, eludiendo el riesgo de dejarse devorar por la música de Stravinsky.

Me he pasado la vida primero bailando y después viendo bailar. Ansiaba la belleza. Durante años perseguí la gracia del gesto, la precisión del detalle, el juego de las proporciones que armonizan con el conjunto. Un trabajo paciente al que el bailarín somete su cuerpo en cada instante, una búsqueda diaria que nunca termina.

Tu discapacidad, desde este punto de vista, me parecía una auténtica burla. Yo, que estaba acostumbrada a tener bajo control la posición de un meñique, debía enfrentarme a un cuerpo completamente descontrolado, con espasmos epilépticos, una espalda y una cabeza incapaces de mantenerse derechas. Tetraparesia espástica distónica, clonos, alternancia de hipertonía e hipotonía, nistagmo, sialorrea... ¿Control del meñique? ¡Por favor! Desde el principio tu cuerpo sublevado se impuso con una fuerza que infringía toda regla. Recuerdo con horror las palabras proféticas de la jefa de enfermeras de la UCI neonatal, quien al darnos el alta hospitalaria me sugirió que para calmarte recurriese al Valium —luego descubrí en tu historial clínico que en tus primeros diez días de vida ella y sus colegas lo habían utilizado profusamente— y que fuese estricta porque tú me ibas a poner en aprietos. Lo dijo tal cual: «Esta la va a poner en aprietos».

De vuelta en casa, no tuve que esperar mucho para ver confirmada la profecía de la enfermera. Empezaste a llorar. Un llanto ininterrumpido, inconsolable, que yo no conseguía descifrar. Era imposible dejarte sola en la cuna unos pocos minutos. Meterte en el cochecito para salir suponía desafiar a la suerte y las miradas de reprobación de los transeúntes que, alarmados por tus gritos, me señalaban con dedo severo obligándome a batirme en retirada para casa. «¡Tendrá hambre!». «¡Debe dormir!». «¡Hay que cambiarla!». Todavía oigo el eco de esas voces. Todavía noto sobre mí la mirada acusadora de una mujer en la farmacia bajo los soportales. Te había puesto en el portabebés confiando en que nuestro contacto físico te calmaría, pero no fue suficiente. Habías estallado en llanto y, sacudiendo la cabeza, ella dijo: «Ay, estas madres...».

Una amiga me aconsejó que le pidiera opinión a una comadrona. Se trataba de una señora de cierta edad, dulce, maternal, pero enseguida comprendí por su desorientación que tu llanto anómalo superaba el alcance de su experiencia, por lo demás sólida. No obstante, se esmeró en explicarme cómo contenerte: envolviéndote bien apretada como en un capullo para que te sintieras más protegida. Todavía ahora, cuando los espasmos te retuercen, trato de adaptar esa estrategia de contención a tus dimensiones, porque ya no son las de una recién nacida. Ya no es posible encerrarte en una especie de vaina, pero crear contigo unos puntos de contacto —la frente contra la mejilla, las manos contra la barriga, la muñeca contra el cuello— reduce en parte la explosión inconexa de los miembros, el arquearse de la espalda, la torsión del tronco.

Yo deseaba la belleza, ya lo he dicho. Y tú, pese a tener los ojos muy juntos y las cejas unidas, pese al estrabismo y la microcefalia, siempre has sido una niña guapa. Puede decirse que la belleza ha sido al mismo tiempo tu condena y tu salvación. Tal vez si hubieses tenido alguna de las horrendas malformaciones de la cara tan comunes en la holoprosencefalia, habría salido en la ecografía morfológica y tú no hubieses nacido. En fin, podría decirse que has venido al mundo en virtud de tu belleza: existes porque eres guapa. Además, una vez que naciste, tu aspecto agradable te mantuvo protegida del desagrado que se asocia con frecuencia a las personas discapacitadas, suscitando en quien las mira una sensación de malestar, cuando no de auténtico fastidio. Cuesta reconocerlo, pero al acompañarte en tu joven vida comprendí que existe una discapacidad «bonita» y una discapacidad «fea», y que también en este «mundo aparte» las personas —desde los desconocidos a los terapeutas y los médicos— sucumben a la fascinación de lo bello, tal como ocurre en el «mundo normal».

Al principio esto me molestaba, me preguntaba si era justo que los demás se acercaran a ti solo porque eras guapa. Pero, después, en ese «solo» encontré el sentido más noble y profundo de la palabra «belleza». Pensé que cada uno de nosotros recibe de la vida al menos un don y que, ante la mala suerte, más vale aprovecharlo.

Deseaba la belleza y la tuve: te tuve a ti.

26 de abril de 2013

En la playa, diálogo entre tu papá y Viola, de cinco años.
Viola: «No ve, ¿verdad?».
Papá: «No».
Viola: «Pero ¿habla?».
Papá: «No».
Viola: «¿Camina?».
Papá: «No».
Viola: «Pero ¡entonces es mágica!».

11

Marzo de 2008. Habían pasado dos años en los que el hilo de la amistad con Francesca nunca se rompió, dos años en los que tú, Daria, estuviste siempre entre nosotras, aunque no como presencia física. ¿Es mucho tiempo? Quizá sí, ahora que lo pienso. Pero en aquella época no lo medía con el rasero de la ausencia o la lejanía, porque, aunque ella y yo nos viésemos raramente y siempre fuera de casa, ni por un instante sentí a Francesca alejada de mí, de nosotras. Dentro de poco llamará a nuestra puerta. Todo ocurrió muy deprisa: nuestras cartas sobre la interrupción del embarazo enviadas a *la Repubblica* (Francesca también había escrito a Augias, naturalmente sin que lo hubiésemos hablado, y su carta salió publicada) desencadenaron muchas reacciones; al hablar de ello, salió nuestra historia como amigas y un semanario femenino decidió contarla.

Por eso ahora en casa están una fotógrafa y su ayudante, y esperamos que Francesca llegue. Para entretener la espera, hablo un poco de nosotras y digo que ese día mi amiga y tú vais a encontraros por primera vez. Lo suelto así, sin reflexionar demasiado, cero énfasis. Es el cruce de miradas entre ellas lo que me devuelve todo el alcance del acontecimiento. Las dos están en ascuas. Pensaban arreglárselas con un par de fotos; sin embargo, dentro de nada serán testigos involuntarios de un momento íntimo y delicado.

No es la primera vez que provoco situaciones potencialmente explosivas sin percatarme de ello hasta que está a punto de prenderse la mecha.

Vuelvo a pensar en la tranquila disponibilidad con la que Francesca ha aceptado este encuentro, estoy segura de que lo hizo con una conciencia mayor que la mía y esta convicción me tranquiliza. Me pregunto con qué estado de ánimo estará recorriendo el trayecto que la separa de nuestra casa. Y yo, ¿cómo voy a reaccionar? Por suerte, tuve un destello de lucidez y consideré que era mejor resolver primero el asunto de las fotos, por eso le pedí a la tata que te llevase a dar un paseo por el parque. Y aquí estamos, Francesca y yo, un poco nerviosas, un poco cohibidas, sin duda fuera de lugar. Nos retratan por separado, después a las dos juntas. En el sofá, delante de la biblioteca, una con la mano sobre el hombro de la otra. Francesca me parece guapa, como siempre, natural, desenvuelta. Yo me siento ridícula, no sé dónde poner las manos, la fotogenia no es mi fuerte. Finalmente, la fotógrafa se declara satisfecha con el resultado. Con una sincronización perfecta, suena el portero automático. Ahí estás, en el hueco de la puerta.

No recuerdo cómo llegaste ahí, pero sé que tú estabas sentada en tu sistema de postura y un instante después Francesca te tiene en brazos y te acuna contra su pecho generoso, con los ojos relucientes de lágrimas. Se va hacia el pasillo, a paso lento alcanza la penumbra de la cocina, siempre acunándote en una caminata que parece una leve danza. A un gesto mío con la cabeza, la tata se desvanece, y yo me bato en retirada hacia el salón, miro a la fotógrafa y a su ayudante, están atónitas. Francesca siembra silencio a su alrededor, te ha acogido en los algodones de su seno materno. «Es el momento de ambas», pienso, dejémoslas solas. En el dialecto del pueblo donde nací, existe una expresión que utilizan las madres para describir la nostalgia que las asalta al ver crecer a sus hijos, ese deseo irrealizable de volver a tenerlos en el vientre. *Me l'armittéss dentr 'a la panz,* dicen. Es una imagen que siempre me ha impresionado por cómo sintetiza el amor visceral en un gesto impulsivo, casi furioso. A saber, si, al abrazarte, Francesca piensa por un instante que volvería a meterse a su Bianca en el vientre. ¿Y yo? De haber podido elegir, de haber sabido, ¿qué habría hecho? Si pudiera, Daria, ¿volvería a meterte *dentr 'a la panz*? Si pudiera elegir, ¿elegiría no dejar que nacieras? La pregunta prescinde de ti. La pregunta es válida en sí misma.

12

No sé decir exactamente cuánto, qué y cómo ves. Dada tu condición de persona pluridiscapacitada y poco colaboradora, las pruebas instrumentales y los médicos no consiguen medir con precisión tu capacidad visual. Sin embargo, sé que no estás del todo ciega y que aprovechas al máximo tu pequeño resto de visión para mirar fijamente o seguir los rostros y los objetos que se encuentran cerca o a tu alrededor.

Con los años, los terapeutas han observado las estrategias motrices que despliegas fatigosamente para mirar el mundo y nos han explicado cómo hacer para que esta tarea te resulte algo menos trabajosa: dónde colocarnos, a qué altura, a qué distancia, cómo llamar tu atención y suscitar tu interés. Primero las imágenes en blanco y negro o muy contrastadas; luego, el acompañamiento de sonidos y la exploración táctil. Se intenta potenciar el diálogo natural entre la vista y los otros sentidos para que el oído, el olfato, el tacto, como valientes escuderos, acudan en auxilio del compañero insultado y ofendido, compensando, al menos en parte, sus debilidades.

Pelotas y bolitas de distintos tamaños y colores; esponjas mullidas, ásperas y rugosas; ovillos de lana, collares y telas fluorescentes; palos de lluvia, botellas y tarros llenos de arroz, pasta, monedas, arena de colores; sonajeros de muñeca y lucecitas de dedo: la casa pronto se convirtió en la sucursal de un entorno para la estimulación sensorial. Eras todavía un pajarillo, ahí tumbada en la alfombra debajo de tu carrusel del que colgábamos objetos de nuestra creación, en sustitución de los que se vendían en las tiendas para niños normodotados.

A medida que ibas creciendo, otros materiales, con funciones análogas, sustituyeron a los anteriores: libros de tapa dura con páginas redondeadas más fáciles de hojear; pastas para modelar; letras del alfabeto grandes y con imán; colores para pintar con los dedos y ceras fáciles de agarrar; pompones, pegatinas y cintas de colores; fichas táctiles de bingo... En las carpetas con tu nombre escrito en el dorso se acumularon centenares de dibujos, decenas de manualidades para el día de la Madre y el día del Padre, huevos de Pascua pop-up, árboles de Navidad hechos con rollos de papel higiénico, algodón y botones, esqueletos de Halloween confeccionados con mondadientes y bastoncillos. Sé que no los hiciste tú, pero en este batiburrillo reconozco —pequeñas pepitas de oro— algunas pruebas del compromiso auténtico de quienes te han cuidado, adaptando las actividades escolares a tus limitadas competencias, esforzándose por encontrar un modo creativo para que participaras: hacerte elegir un color, un material, una palabra...

El corazón se debate en una constante ambivalencia emotiva: por una parte, la aversión hacia el enésimo poema grabado en el Voca, el comunicador vocal que accionas con el puño para que en Navidad o Semana Santa escuchemos una voz recitando que no es la tuya. Por la otra, la ternura y la gratitud hacia tu compañera del colegio que, con dedicación, se ha puesto ahí, a tu lado, a grabar el texto, y tu euforia cuando pulsas la tecla y reconoces su voz. Y, además, el pensamiento agradecido hacia el mundo de la rehabilitación: personas que no pierden el tiempo lamentando lo que te falta sino que sacan partido de lo poco que tienes. Y ese poco se convierte en mucho. Entre los pliegues de los días florecen breves momentos de felicidad. Duran un instante, pero gracias a esos instantes es posible seguir adelante.

La danza también me regala a veces momentos de puro placer, pero este no deriva necesariamente de la evasión, de la huida de casa para sumergirme en la oscuridad de un teatro, en un mundo alejado del tuyo, del nuestro. Al contrario, los artistas contemporáneos que indagan en la corporeidad a menudo plantean temas sorprendentemente próximos a nuestro día a día.

Por eso, cuando entro en la sala y veo el suelo cubierto de paneles de cartón unidos con cinta adhesiva en relieve, un sencillo damero que delimita la zona de la performance *Danza cieca*, me siento inmediatamente como en casa. Entran dos hombres descalzos, el uno al lado del otro, el contacto de sus hombros orienta en el espacio a Giuseppe, bailarín invidente, y lo conduce hasta la posición de partida, a un lado de la escena. Se sientan en el suelo, con las piernas cruzadas. Virgilio, coreógrafo y bailarín, susurra a Giuseppe unas pocas palabras. Él sonríe. Me impresiona la sintonía de su relación, pero más que nada la «escucha» que guía sus movimientos. Es algo distinto de lo que solemos entender por ese término, es algo que no tiene que ver con el sonido. Se manifiesta cuando sus cuerpos —las manos, los brazos, las piernas— están cerca pero no llegan a tocarse porque en medio hay apenas un desplazamiento de aire que palpita entre ellos, una energía que parece ver. Al terminar la performance, un espectador pregunta a Giuseppe: «¿Qué ves cuando bailas?». «No imagino nada, escucho, recuerdo momentos, siento la presencia de Virgilio...». Es la respuesta de un hombre cuyo vocabulario no contempla el verbo «ver». Su universo, como el tuyo, pienso, está hecho de otra cosa: sentir, escuchar, recordar, imaginar...

También en *Atlante del bianco*, otro espectáculo fruto del encuentro de Virgilio Sieni con Giuseppe Comuniello, las tiras de cinta adhesiva en el suelo dividen el espacio en zonas y permiten al bailarín orientarse, tocando con los pies descalzos el cambio de espesor de las líneas. Una estrategia que me recuerda la experiencia en los centros de rehabilitación, donde desde muy pequeños se estimula a los niños ciegos, o con baja visión como tú, para que midan el espacio con los pies y con todo el cuerpo.

En un momento determinado Giuseppe empieza a correr hacia atrás en círculos. Esta acción me turba, pienso en lo arriesgado que nos resulta a nosotros, los videntes, abandonarnos al «atrás», en la de veces que practiqué en danza el ejercicio de dejarme guiar por la nuca hacia el espacio desconocido y cuánto me costaba. Pero para él, que no ve, en esta acción no hay temor, no hay renuncia al sentido de la vista. Tal vez Giuseppe puede experimentar este salto sin condicionamientos. Del mismo modo que los mellizos invidentes que vi hace unos años dar sus primeros pasos durante una estancia intensiva de rehabilitación. Caminaban a gatas, se levantaban con esfuerzo del suelo buscando equilibrarse con los brazos, y un instante después uno de los dos echó a andar... ¡hacia atrás! Para mí fue una lección iluminadora sobre el misterio del cuerpo, que atraviesa el espacio, lo vuelve perceptible y nos lo hace «ver».

Atlante del bianco llega a su fin. «Necesitaría a uno de ustedes, gracias. [PAUSA]. De verdad que necesito a uno de ustedes», dice Giuseppe tendiendo el brazo hacia el patio de butacas. Un espectador valiente se pone en sus manos, los dos recorren el espacio en círculo, el bailarín apoya la mano en el hombro del espectador y lo invita a cerrar los ojos para dejarse guiar por un ciego, y camina con él hacia la experiencia de la oscuridad absoluta.

13

Families for HoPE. En una «o» minúscula, un grupo de familias estadounidenses captó el sentido de ser padres y madres de niños afectados por la HPE y creó una comunidad impulsada por la esperanza. Encontré esta asociación en internet a los pocos meses de tu nacimiento.

Mientras tú y yo seguíamos en el hospital, a los familiares y los amigos más íntimos les tocó aventurarse en la red y buscar información sobre la holoprosencefalia. Lo hicieron tímidamente, y luego transmitieron noticias vagas e inciertas. En internet se encuentra de todo. Si quieres hacerte daño, ponte cómodo. Yo tardé un poco en orientarme, en entender qué era mejor evitar (por ejemplo, las fotos de recién nacidos o de fetos con el rostro deforme) y qué podía resultarme útil.

Al principio solo necesitaba información científica: causas genéticas, estadísticas, centros de investigación, hospitales donde se tratara tu patología. Buscaba un porqué. En internet descubrí el Carter Center, un centro de investigación creado gracias a las donaciones de una acaudalada familia texana a la que le tocó en suerte un niño aquejado de HPE. Me puse en contacto con ellos, les envié tu resonancia magnética y me confirmaron la forma semilobar que padeces, y también me mandaron documentación científica y un vídeo en el que se explicaba cómo surgió el centro y a qué se dedica, así como testimonios de personas que acuden allí. Desde entonces no he vuelto a mirarlo, pero recuerdo vagamente una entrevista a una señora rubia platino, con el pelo cardado y muy maquillada, junto a un tipo que llevaba un sombrero de cowboy.

Después me resultó útil sobre todo la información práctica, en ocasiones auténticas estrategias de supervivencia. Buscaba un cómo. Y en esto las respuestas de los padres fueron valiosas. Aprendí que más o menos estábamos todos en el mismo barco: ataques epilépticos, disfagia, reflujo, secreciones nasales, alteraciones del sueño, crisis de llanto prolongadas. Y además diabetes insípida, espasticidad... Gracias a los consejos de una mamá estadounidense, conseguí un pequeño asiento de goma dentro del cual, de los seis meses en adelante, conseguiste por fin permanecer sentada durante un tiempo prolongado sin quejarte, como solía ocurrir si te metía en un cochecito normal. Era un asiento muy parecido a un orinal, pero más grande y de un material blando, envolvente, de tal manera que te hacía sentir protegida, como en una cáscara de nuez.

Gracias a una investigadora del Carter Center también me enteré de la existencia de Alessia, una niña con tu misma patología: se encontraba a pocos kilómetros de casa, un pequeño faro encendido. Primero llegó el correo electrónico del tío de la niña, que actuó de filtro. Después, por fin, la llamada telefónica de su madre. Los primeros intercambios: «Sí, Alessia tampoco duerme; sí, Alessia tampoco camina; sí, Alessia también tiene dificultad para comer... Sí, no te preocupes... al principio resulta duro, después te acostumbras...». Cuando supe de su existencia, Alessia ya era mayorcita, pero en todos estos años no hemos llegado a conocernos. A mí me habría gustado, pero creo que su madre no tenía ganas. No siempre, y no para todos, la desgracia compartida es menos sentida. Hace unos años, llevaba bastante tiempo sin tener noticias de ella y llamé porque estábamos en su ciudad, pero me dio las gracias y rechazó la invitación de vernos. Siempre me inspiró mucho respeto su discreción, y cuando me mandó una foto de su hija, que ya tenía veintiún años, aprecié ese detalle y que lo compartiera conmigo. A su manera, aunque de lejos, Alessia siempre estuvo en mi mente: estaba viva, crecía, se hacía adulta, y su madre y su familia con ella. Para mí eran la prueba viviente de una posibilidad que iba más allá de la condena al eterno presente: la posibilidad de que tú también sobrevivieras, y nosotros contigo.

Con el tiempo, una deja de empeñarse en buscar respuestas, de agobiarse, de querer ir más allá. No se trata de resignación, es más bien una forma de aceptación activa: una deja de luchar «contra». Se ahorran energías y se piensa en pelear «por».

Seguí usando internet para conseguir aquello a lo que tenías derecho, como el certificado de discapacidad para la tarjeta de aparcamiento, que la comisión del centro de atención primaria me había negado en primera instancia. Decían que eras demasiado pequeña y que en el futuro tal vez llegases a andar. Esa afirmación me hizo comprender que aquellos médicos no tenían ni idea de tu patología, de modo que traduje del inglés la información básica sobre la holoprosencefalia que constaba en la página web del Carter Center y la llevé en la siguiente consulta.

Ese texto aparece ahora en la página de Facebook «HPE Holoprosencefalia», abierta por Sandra, la madre de Marco. A ella también la conocí a través del Carter Center: nombres y contactos que cruzaron el océano desde Italia, rebotaron en la tierra de los cowboys y vinieron de vuelta hasta aquí. Gracias a esa página, hay un lugar donde las madres italianas intercambian consejos e información útiles. Concreción, pudor y poca retórica. Si necesito información, sé que ahí encontraré a alguien que me conteste.

De otras páginas webs estadounidenses análogas, detesto la exaltación de una supuesta belleza exhibida con ostentación barroca: los retratos de recién nacidas deformes vestidas de mariposas o princesas, como feas copias de las fotos de Anne Geddes, y los comentarios que las acompañan —«Wonderful», «Sweet»—, la retórica de los *Baby Angels*. Pero ¿qué ángeles? ¿La verdad? A menudo vosotros, los hijos «especiales», sois cualquier cosa menos ángeles...

Por lo demás, cuando se habla de discapacidad es casi imposible sustraerse a la retórica. Un día entró este mensaje en un grupo de WhatsApp de madres con hijos discapacitados: «Uno de nuestros ángeles se ha ido esta noche al cielo. Dulcísimo niño, mirará a sus compañeros desde allá arriba, libre entre las estrellas». Fabiana, que en la página de Facebook de la HPE siempre salía sonriente, también «se ha ido al cielo». Tenía diez años y llevaba unos días hospitalizada. Su madre publicaba plegarias a la Virgen, ruegos de protección al padre Pío. «Resiste, guerrera». Pero la guerrera no lo consiguió. En estos años otros la siguieron. Como Sofia, una niña que tuve entre mis brazos cuando contaba apenas unos meses. Su madre la trajo a Roma desde Cerdeña. Había tomado el avión sola, con la pequeña en el portabebés y las maletas, para internarla en el hospital, en busca de un diagnóstico. Jamás olvidaré su cuerpecito estremeciéndose en mis manos. Parecían sollozos, pero eran crisis epilépticas. Se fue mientras dormía, tras haber sido durante once años el eje de una familia que creció a su alrededor, primero un padre sobrevenido y después dos hermanos. La enfermedad a menudo separa, aleja, destruye. Aunque a veces genera amor, lo enlaza, lo multiplica.

14

Tus primeros seis meses de vida fueron una terrible pesadilla. Después de las Navidades, que pasamos en casa de los abuelos, regresamos a Roma con planes para organizar nuestra nueva vida juntas, tú, yo y una tata con la que habíamos llegado a un acuerdo antes de Navidad. Papá volvería a Nápoles y se reuniría con nosotras los fines de semana. Pero la señora en cuestión no se presentó el día fijado, adujo no sé qué excusa y envió en su lugar a una presunta sobrina para sustituirla. Bastó ese pequeño tropiezo para que el ya inestable castillo de naipes, que con tanta ilusión creíamos haber construido, se viniera abajo. No teníamos un plan B. Así, acuciado por la urgencia de retomar sus obligaciones diarias, al cabo de unas horas papá decidió que tú y yo no podíamos quedarnos solas. Los tres nos iríamos a Nápoles. Recuerdo que salimos por la tarde, después de haber hecho las maletas deprisa y corriendo y de haberte metido en el coche, a ti se te veía minúscula en el aparatoso Potemkin.

Empezó así una de las épocas más difíciles de nuestra vida. La casa era muy pequeña, papá se iba a trabajar por la mañana y tú y yo nos quedábamos solas, una contra la otra. El llanto era la única flecha de tu arco, un arma sencilla, pobre, pero potentísima, capaz de traspasarme el corazón y el cerebro.

Podías pasarte el día entero gritando, sin cansarte nunca. Yo no tenía escudos, solo mi desesperación, estaba cansada, agotada por ti, necesitada de sueño, encerrada en una jaula. Por lo general, te apaciguabas hacia el atardecer, cuando papá regresaba. Si venían amigos a cenar, te encontraban dormida. «Pero ¡qué tranquila es!», comentaban. Cuando les explicaba que habías estado todo el día gritando y que dentro de poco volverías a empezar la sesión de noche, me miraban con una pizca de incredulidad. No me creían.

Nunca entendí de dónde sacabas toda esa fuerza. Eras tenaz, incansable. Durante aquellas noches toledanas, papá y yo nos turnábamos para tenerte en brazos y acunarte. De pie, naturalmente. La única manera de tranquilizarte era caminar por el pasillo, o bien, también de pie, flexionar las rodillas en un balanceo acompañado de una nana que papá se había inventado. «Osti, osti, osti...». Horas enteras así. Al final, caíamos rendidos en el sofá o en una silla, cerrábamos los ojos, intentábamos dormir sentados. Pero en cuanto notabas que habíamos parado, vuelta a quejarte. Y entonces otra vez: «Osti, osti, osti...», hasta que Osti se convirtió en tu sobrenombre y el origen de muchos juegos de palabras vinculados a tu carácter y al mundo que crecía a tu alrededor: *Ostidù, Ostilla, Ostina, Ostilandia, Ostisilla, Osticar...* pero, antes que nada, *Ostinata*, Obstinada.

Los meses transcurridos en Nápoles fueron de una soledad desgarradora, los viví como dentro de una burbuja espacio-temporal. Desde la ventana podía ver la ciudad que se reflejaba en el agua, lejos, inalcanzable. Una postal desde la que no me llegaban ni sonidos ni estados de ánimo. El golfo se recortaba nítido en el marco de la amplia cristalera. A este lado del cristal, yo me quedaba en los pocos metros a mi disposición, entre paquetes de pañales, biberones, maletas. Un acuario en cuyo interior se habían detenido las horas. De vez en cuando alguna llamada telefónica me arrancaba de aquel tiempo suspendido, pero resultaba difícil restablecer los lazos con el exterior, con el flujo de las vidas de los otros.

Así pasó el invierno. Casi no conservo recuerdos de los hechos, solo la sensación de un peso enorme que notaba sobre mí y que no conseguía soportar. Hay una foto de nosotras dos, en via Caracciolo; nos la hizo papá en uno de nuestros torpes intentos de sacarte a dar un paseo. Al fondo se ve el mar, yo me esfuerzo por sonreír al objetivo, a pesar de tu boca abierta de par en par en una mueca de llanto inconsolable.

En algún momento me di cuenta de que aquella inmovilidad acabaría por hundirnos. Decidí que había que hacer algo para salvarte. Y que si te salvabas tú, yo también me salvaría. Me habían hablado de la importancia de la estimulación temprana. Me puse en contacto con dos centros, te incluyeron en la lista de espera y, cuando supe que en uno de ellos había una posibilidad de que te admitieran en un plazo relativamente corto, nos pusimos como locos a organizar el regreso a Roma.

La primavera estaba al caer. Y nosotros, lentamente, empezábamos a sacar la cabeza fuera de la madriguera. Veníamos de un letargo sin sueño, apestábamos a lágrimas, pero de aquella tierra mojada, poco a poco, algo había brotado.

Diciembre de 2013

En el centro de rehabilitación.

En la salita esperamos la llegada del experto en neuropsicomotricidad.

Además de nosotras hay un par de madres más, y Lucio, de cinco años, invidente, está junto a la terapeuta ocupacional, que bromea contigo para animarte a que levantes la cabeza.

Lucio le pregunta: «¿Qué estás haciendo?».

Ella le contesta: «Le estoy tomando el pelo a Daria».

«¿Puedo tomarle el pelo yo también?», pregunta el niño.

«Claro. Te escuchamos. ¿Qué le quieres decir?».

Él, en un tono chillón que no admite réplica, grita: «¡Daria, te veo!».

15

El tuyo no fue mi primer embarazo, un año antes había tenido otro. Se confirmó en primavera, pero en mi fuero interno ya lo sabía: el instante exacto de la concepción había sido un pellizco en la barriga, como cuando te pinchan con la aguja para sacarte sangre. Poco más que un instante, pero lo sentí con claridad, rotundo, y permanece indeleble en mi memoria. Vivía aquella novedad con una mezcla de terror y euforia. Papá residía en otra ciudad, pero ese era sin duda el menor de los obstáculos sembrados en nuestro camino. Yo deseaba un hijo y estaba segura de que juntos superaríamos todas las dificultades. Sin embargo, eso no fue lo que pasó. Al enterarse de mi embarazo, él reaccionó mal, dijo que no era posible, que un hecho así habría hecho peligrar definitivamente su relación —ya muy comprometida— con los hijos de su matrimonio anterior. Intenté plantear unos supuestos de convivencia, dije que estaba dispuesta a mudarme a Nápoles, pero toda propuesta se estrellaba contra el muro de su rechazo categórico. Llegó incluso a poner en duda nuestra relación. Con el paso de los días, mis certezas empezaron a flaquear, el cuento de hadas se resquebrajaba, la realidad se presentaba ante mí como un callejón sin salida. Ahora sé que siempre hay salida, pero por aquel entonces no lograba verla. Ante la idea de perder a aquel amor tan deseado, me entró miedo, miedo de quedarme sola, de no poder criar a un hijo. Consideré la posibilidad del aborto. Al final, cedí.

En mi cabeza, aquel hijo, que ahora tendría un año más que tú, siempre fue varón. Dicen que las primíparas suelen pensar en el feto en masculino.

No puedo evitar preguntarme qué habría sido de mí si hubiese elegido otra cosa, y tras tu nacimiento esta pregunta se convirtió en una vorágine que me arrastró más de una vez, impulsada por ríos de conjeturas: ese niño habría sido varón, se habría llamado Pietro o Tommaso, y su padre, al final, se habría hecho cargo de él; si lo hubiese tenido a él, probablemente tú nunca habrías nacido; habría tenido un hijo varón y sano, con un padre tal vez ausente, pero no una hija mujer, discapacitada, nacida del mismo padre, quien, al principio, no había querido saber nada pero que después, al verla, se había enamorado de ella al instante.

En todos estos años siempre he pensado en vosotros dos como hijos alternativos el uno del otro. Tú existes porque él no existe. Si él existiera, tú no existirías. Solo ahora que has crecido, asoma a mi mente la idea de vosotros dos juntos, hermanos. ¿Cómo habría sido tu vida si hubieses tenido un hermano mayor a tu lado? ¿Y qué tipo de madre habría sido yo si hubiese sido madre de un hijo «normal»? Observo a tus compañeras y tus compañeros del colegio con una mezcla de curiosidad, estupor, incomodidad. Tengo la sensación de no saber nada de su mundo, me siento inadecuada, incapaz de entablar una relación con estos adolescentes y sus enigmas.

Podría haberlo hecho, debería haberlo hecho. Me habría reconfortado, animado, devuelto energía y vida. Y habría sido de gran ayuda para ti. Un apoyo, un estímulo, un punto de referencia... sobre todo para el futuro, para ese tiempo oscuro que la ley italiana define como el «después de nosotros». Lo sé, me lo he dicho y me lo han repetido decenas de veces, que otro hijo lo habría cambiado todo. Y sin embargo no: después de ti, no concebí otro hijo. Por mil motivos. Por un solo motivo: miedo a que ocurriera otra vez.

Cuando tenías poco más de un año, fuimos a un centro de rehabilitación en la frontera con Suiza donde estuvimos tres semanas. Era la primera vez que pasaba tanto tiempo con madres que llevaban vidas semejantes a la mía. Entre ellas estaba la mamá de Federica, una niña de pelo oscuro y unos maravillosos ojos azules. Tendría cuatro o cinco años y estaba siempre en brazos. Era la única manera de proporcionarle tranquilidad. Se trataba de una niña robusta, pero su madre la llevaba pegada a ella, sin preocuparse por el peso. Ella era una mujer corpulenta, fuerte. No se resignaba a la idea de no contar con un diagnóstico preciso de la afección de la pequeña. Había tenido otra hija, también con problemas, que falleció a los ocho años. En casa había dejado a su marido y a un hijo casi adolescente. Lo único que sabía era que aquella enfermedad genética afectaba solo a la rama femenina de la familia. Después de aquella estancia, seguimos en contacto durante un tiempo y, así, un día me enteré de que Federica había muerto al cumplir los ocho años. Jamás olvidaré sus ojos, ni los de su madre.

En centros como ese, la sensación de desgarro, de laceración es casi palpable: las familias que se parten en dos, la distancia, las fatigadas llamadas telefónicas por la noche, cuando la madre consigue por fin quitarse de encima al niño-koala y cuchichea por el móvil la crónica de la jornada. Es como si los viéramos, al otro lado del teléfono, a esos padres lejanos, frente a un plato de pasta con mantequilla y parmesano, y a un niño en pijama —«¿Te has lavado los dientes?»— solo en un dormitorio de dos camas.

Nunca envidié a esas madres, tampoco a esos hijos que se quedaban en casa, a menudo descuidados, inevitablemente segundos, víctimas no culpables de la discapacidad de sus hermanos.

16

Tú tenías unos meses, paseábamos por via Merulana cuando nos topamos con una mujer mayor que salía por el portón de un edificio. La señora te miró —tú ibas en el cochecito— e hizo una mueca de disgusto. Es la primera mortificación de la que tengo memoria. Venía de una desconocida que se había cruzado con tu mirada torcida, la desviación del ojo izquierdo que converge para aprovechar mejor el escaso resto de visión.

«Señora, debemos hacer algo ya con este estrabismo», me había dicho días antes el de la óptica que hay debajo de nuestra casa. «Si el problema fuera solo ese», pensé mirándolo con media sonrisa, desarmada ante su celo fuera de lugar.

No hace falta decirlo: como todas las madres, me gustaría que los demás te apreciaran, que te quisieran como te quiero yo. Así que intento que la gente se enamore de ti contándole tus proezas. A veces lo consigo. No siempre. Por eso cuando veo rechazo en los ojos de quien debería cuidar de ti, el trago resulta más amargo.

«No, señora, a su hija no le doy de beber, porque si el agua se le va por otro lado, yo acabo en la cárcel». Estas palabras, pronunciadas por tu maestra de apoyo, nos recibieron tu primer día en la escuela primaria. Si me hubiesen dado un puñetazo en la cara quizá me habría dolido menos. Bienvenidas a la escuela inclusiva. Una escuela abierta a todos. Una escuela donde se practican la integración y la tolerancia.

La escuela es la espina en el costado de muchas madres de niños con dificultades. Italia cuenta con una legislación ejemplar en materia de inclusión escolar, pero entre la ley y su aplicación efectiva hay trincheras tras las cuales un ejército de madres belicosas libran una batalla diaria.

En el centro de rehabilitación, cuando les conté a otras madres nuestro bautismo de guerra, ellas, ya veteranas, me saludaron con una sonrisita irónica: «Bienvenida al club». Lo que yo estaba viviendo en la escuela primaria, ellas ya lo habían encarado, masticado y digerido. Protestaron y pelearon, firmaron quejas, discutieron con docentes, asistentes municipales, directores de escuela. Presentaron recursos en la Delegación de Educación, solicitaron asesoramiento legal, aportaron montañas de certificados, documentos, informes neuropsiquiátricos, diagnósticos funcionales. En alguna ocasión solicitaron la presencia de las fuerzas del orden en la escuela y presentaron denuncia.

Y cuanto más se avanza, más se complican las cosas. Y más chocan los principios inspiradores de la Ley 517 de 1977 sobre la inclusión escolar de los alumnos con discapacidad con la rigidez de los programas, con las obligaciones de la didáctica, con la separación de roles.

Hay que pertrecharse, informarse, estudiar la normativa vigente, saber exactamente a quién le corresponde hacer qué. Hay que mantenerse alerta como centinelas, no bajar nunca la guardia... El recurso al lenguaje bélico es instintivo. Pero ¿se puede vivir constantemente en guardia? ¿Ponerse el casco y empuñar el fusil todas las mañanas antes de salir de casa? No, no se puede. No va conmigo, yo no soy una madre hiena, ni siquiera una madre coraje.

Entonces hay días en los que aflojo y cierro los ojos para no ver. Carcomida por el sentimiento de culpa, en esos momentos tengo la impresión de agraviarte, de no defender tus derechos con el vigor suficiente. Pero lo mío es una cuestión de super-vivencia. Aceptar que no siempre se puede, eso también forma parte del trayecto. Inspiro bien hondo y, al menos por esta vez, me salto el turno.

17

Hay libros que tienen el poder de reconectarte con experiencias vitales que yacen sepultadas en alguna parte, debajo de capas de silencio y de dolor. *El acontecimiento*, de Annie Ernaux, es uno de esos libros. Con su relato nítido, descarnado, esencial, Ernaux pronuncia sobre el aborto palabras para mí indecibles. Su coraje —pero ¿se trata de eso?— me impulsa a imitarla, a ir hasta el fondo al contar mi experiencia porque, como escribe ella, no hay verdades inferiores y haber experimentado algo, cualquier cosa, confiere el derecho inalienable de escribir sobre ello.

Ocurrió a mediados de junio de 2004. Recuerdo una sala de espera, me acompañaba mi amiga Madda. Yo mantenía la cabeza agachada, tratando de espiar a mis compañeras de infortunio. Porque de eso se trataba para mí: un día desafortunado, una decisión que me esforzaba por considerar la única posible. Nos rodeaba una galería de figuras femeninas arquetípicas. Estaba la muchacha sin mancha y sin miedo: mochila al hombro, botas militares, maneras expeditivas. Se movía con desenvoltura, no parecía su primera vez. Como si no tuviera tiempo que perder, recuerdo la rapidez con la que, una vez obtenida la conformidad de la enfermera, se volvió a vestir y salió corriendo, con la mochila al hombro, sin mirar atrás. Estaba la madre de familia, apenada, con cara de cansancio, el cuerpo engrosado por los embarazos pasados; otro hijo no, habría sido demasiado. Y después estaba una joven rubia, extranjera, creo que del Este, que se pasaba todo el tiempo aferrada a su móvil. Hablaba con voz agitada, entre sollozos, tratando de hacer prevalecer hasta el último instante sus motivos frente a los del hombre que, evidentemente, la había llevado hasta ahí.

Nos hicieron entrar en una sala amplia con seis camas. Después nos llamaron por turnos para pasar por una enfermería donde nos entregaron un óvulo y un pañal. Debíamos ir al baño, introducirnos el óvulo en la vagina, ponernos el pañal y esperar. No recuerdo cuánto tiempo transcurrió hasta que me llamaron para la intervención. Entré. Había una camilla ginecológica. Me pidieron que me quitara las bragas y me tumbara. Y en ese momento todo mi cuerpo se rebeló. Empecé a llorar, a forcejear, a gritar. «No, no...». Recuerdo que unas manos decididas me inmovilizaron, el tiempo necesario para meterme la aguja en la vena antes de que toda la sala desapareciera dentro de la anestesia. Me desperté presa de los escalofríos. Temblaba, estaba helada, me dieron una manta. Madda se encontraba a mi lado, me aseguraba que todo había terminado. Pues sí, era exactamente así: todo había terminado.

Al año siguiente, cuando me quedé embarazada de ti, no noté ningún pinchazo en la barriga. Ningún temblor, ningún batir de alas, solo un retraso en la regla, confirmado poco después por la doble línea roja de la prueba de embarazo. Le dije a papá que tendría ese hijo a toda costa. Nuestra situación no había cambiado demasiado con respecto al año anterior, pero yo sí había cambiado. Sabía que no volvería a hacerlo.

27 de noviembre de 2016

De Cecilia, compañera de clase, postal para felicitarte por tus once años (ella tiene ocho):

> *Daria querida, eres dulce y florida,*
> *Daria querida, el aire te cuida,*
> *Daria querida, siempre eres bienvenida,*
> *y te digo que te quiero un montón.*

18

Anoche volví a soñar que eras dos. Me ha ocurrido muchas otras veces: sueños siempre distintos, pero con el mismo tema recurrente. En esta ocasión te llevaba a la peluquería a cortarte el pelo. Lo extraño es que en el sueño —como en la vida real— tú ya tenías el pelo muy corto, porque te había llevado a que te lo cortaran unos diez días antes. De manera que en el sueño me veía en el salón de la peluquería con la sensación de no saber muy bien para qué estaba allí, como si me hubiese equivocado y casi tuviera que justificar el motivo de mi presencia. En fin, que en la cabeza tenías poco pelo que cortar. Y luego, de repente, te transformas en dos: mientras tú sigues en el cochecito, al lado de la peluquera, yo tengo en brazos a una segunda Daria, igualita en todo a la primera. Pero yo sé que no eres tú, que es otra. Otra hija que cuidar, de la que ocuparse, a la que cortarle el pelo. La otra hija. La gemela.

Cuando eras poco más que un puntito en mi barriga, en realidad eras dos. Tenías un puntito gemelo y estabais —como se descubriría unas semanas más tarde— en dos sacos contiguos, pero separadas. Sin embargo, la convivencia duró poco, porque a la quinta semana uno de los dos sacos se rompió. «Un pequeño desprendimiento», sentenció la ginecóloga al ver las pérdidas oscuras que me manchaban las bragas. Tenía que guardar reposo y a ver qué pasaba. Una amiga me llevó a otro ginecólogo, uno bueno, según ella, del que podíamos fiarnos. Hizo una ecografía y vio dos sacos gestacionales, uno de ellos se estaba reabsorbiendo. Todo había ocurrido justamente al principio de la gestación, según él, no había ningún peligro para ti, que vivías en el otro saquito. Y sin embargo... a saber si tus problemas no empezaron en ese momento. En los estudios sobre la holoprosencefalia, entre las distintas hipótesis que se barajan para encontrar un motivo del enloquecimiento genético, contemplan la de que el feto pueda haber sufrido daños por el aborto de un gemelo. Si fuera así, habrías sido víctima de un intento de fratricidio.

Tal vez en todos estos años no haya hecho más que buscar un culpable. Algo o alguien a quien atribuir la responsabilidad de lo ocurrido. Un poco como hacen algunos enfermos, que se culpan a sí mismos de su propia enfermedad: se busca una causa concreta porque no se acepta ser víctima de una simple casualidad.

¿Por qué he enfermado de cáncer? Tal vez tuviera que expiar alguna culpa. Una culpa grande, la peor que se pueda imaginar. Una culpa inefable y, por eso, nunca confesada a nadie. Tiene que ver contigo, así que la dejo en tus manitas, que acarician, en tus pupilas, que son como dos gotas, en tus orejas, capaces de oír hasta un soplo, en tus labios, obligados a guardar el secreto.

Cuando le comuniqué a papá la noticia de que estaba embarazada de ti, de repente dejó de buscarme. Pasaban los días y poco a poco su ausencia fue cobrando forma. Al principio invisible, sutil, pero después creció más y más, espesándose hasta adquirir la dureza de una pared contra la que yo chocaba repetidas veces. Yo tenía que entender y luego aceptar que le había permitido engañarme otra vez. Que nada había cambiado respecto al año anterior. ¿Así que el sacrificio de tu hermano no había servido de nada? Después de aquel primer trauma, ¿me había equivocado al volver a juntar las piezas y decidir que nuestra historia merecía una segunda oportunidad? Él me había jurado y perjurado que no volvería a pasar. Y ahí estaba yo, otra vez tendida en un sofá esperando que sonara el teléfono. ¿Tan poco valía aquel amor en el que tanto había invertido? Ya lo sé, la situación no era sencilla, pero yo poseía una determinación que no admitía matices y no tenía espacio para albergar su complejidad. Para mí todo era terrible, pero increíblemente nítido.

Los días seguían pasando y yo me sentía sola en el mundo, desesperada. Una tarde, días después de la consulta con la primera ginecóloga, la que me recomendó reposo absoluto para alejar la amenaza de aborto, de pronto, en mi cabeza comenzó a asomar un pensamiento. Perderte a causa de un aborto espontáneo podía ser una manera de salir de aquel callejón sin salida. A medida que lo pensaba, esa hipótesis fue teniendo cada vez más visos de ser posible. En aquel entonces me desplazaba en ciclomotor y Roma ya era tristemente famosa por sus calles llenas de baches. Haría lo siguiente: cogería el ciclomotor y me iría a comprar unos libros y unos DVD. ¿Cómo no se me había ocurrido antes? Al fin y al cabo, ya existía la amenaza de aborto, yo solo tenía que darle un empujoncito a esa amenaza para transformarla en realidad. No recuerdo los detalles de aquel trayecto en ciclomotor, pero creo haber pasado adrede por algún bache y haber evitado otros tantos, debatiéndome entre el doble deseo de matarte y salvarte. Al volver a casa, me fui al baño y me miré las bragas para comprobar si tenía una mancha oscura. No había nada. Y en los días siguientes tampoco aparecería nada. En el curso de aquella corta y loca carrera debiste de agarrarte con fuerza a las paredes de mi útero. ¿Ya eras tú, aquel día? ¿O te convertiste en tú por mi culpa?

Eso fue lo que hice, mi pecado inconfesado. No pretendo justificarme. Solo sé que amaba tanto a tu padre que me resultaba insoportable haberlo perdido por ti. Quería ser madre, pero yo era mezquina y cobarde, incapaz de asumir hasta el final y con conocimiento de causa la responsabilidad de una acción. Había invocado la intervención de la mala suerte, sin saber que la destinataria de esa suerte no podías ser solo tú, sino que seríamos tú y yo, juntas, para toda la vida.

19

Así como la enfermedad es la mayor desgracia, la mayor desgracia de la enfermedad es la soledad. Lo escribe John Donne, yo lo leo en las historias de personas en las que veo reflejados retazos de mi vida.

Soledad: un hombre de casi setenta años mata a su hijo discapacitado.

Soledad: una mujer trata de agredir a quien ha ocupado el aparcamiento asignado a su marido inválido.

Soledad: una familia acude a los servicios sociales porque ya no quiere ocuparse de su hijo de once años, que tiene autismo.

Son todas historias reales, recogidas en estos años en las páginas de sucesos. Historias en las que cuesta entender quién es la víctima y quién el verdugo. Pero siento que entiendo a los dos, porque me siento los dos. Al mismo tiempo me pregunto: «¿Cómo han podido?», pero también: «¿Cómo han hecho para no derrumbarse antes?».

Poco después de tu nacimiento leí una entrevista a un escritor que acababa de perder a su hija, afectada por una grave discapacidad. Dijo que por fin podría dormir. La verdad de aquellas pocas palabras me arrolló como una ola en el mar, la sal del dolor mezclada con la espuma del alivio.

Tener un hijo inválido supone estar solos. Irremediable, definitivamente solos. No hay vuelta atrás. Nunca será igual que antes. Es como si en tu interior hubiese anidado el picudo rojo de las palmeras, que roe la planta por dentro hasta que, poco a poco, la convierte en una corteza llena de serrín. La superficie queda igual, pero por debajo de los bordes, debajo de la piel, ya no queda nada. La soledad se compone de pequeños puntos, uno al lado del otro. No te das cuenta. Está esa amiga que sigue regalándote gorros demasiado grandes para la cabeza de una niña microcéfala. Ese primo que agita orgulloso ante tus narices un juguetito de madera que ni siquiera un adulto normal podría hacer funcionar, pero que se jacta de haber elegido expresamente para tu hija. Episodios que dan rabia, dan ternura, dan pena, incluso que hacen sonreír cuando estás de humor.

La verdad es que la vida de los otros sigue igual que antes. Y eso en sí mismo ya es un insulto. Te dicen: «Pero ¿qué quieres? ¿A quién quieres culpar?». Efectivamente. Porque siempre habrá alguien que te cuente lo divertidas que fueron esas vacaciones o ese viaje, que se enorgullezca de los éxitos escolares y deportivos de un hijo. Un puntito, otro puntito más, y horada, horada, horada.

Horada también esa compañera de colegio que se queda embarazada y da a luz y tiene un hijo ya de unos años y no te cuenta nada, tal vez por el pudor de no querer restregarte en la cara su felicidad. Otro puntito más.

Horadan también esas pocas personas que estuvieron a tu lado en los primeros tiempos, pero luego sus vidas siguieron adelante, sus hijos crecieron y los llevaron a fiestas de cumpleaños y pícnics, cursillos de natación y campamentos de verano y fiestas de pijamas. La vida sigue su curso. Y tú te quedas siempre ahí, en la casilla de salida, mientras ellos avanzan, te adelantan y se alejan.

Están muy lejos, incluso quienes deberían estar más cerca. Fuera hermanos y hermanas. Fuera abuelos, tíos, primos, sobrinos. El dolor aleja, la enfermedad asusta. Las familias se desmoronan. Fuera, fuera, fuera.

La soledad hace tanta compañía que llega un momento en que ya no se tiene miedo a nada. Cuando está oscuro y tú gritas y no sé qué hacer para que pares. Cuando oigo y veo tu sufrimiento y no encuentro la cura. Qué importancia tiene, entonces, una llamada telefónica que no llega. Un lugar vacío en la mesa o en la cama. Puedo soportarlo todo si soy capaz de acompañar el dolor de mi carne. Incluso morir, entonces, me parece una posibilidad.

20

Junio de 2019, último día de colegio. Durante toda la mañana los gritos de los niños se han perseguido por toda la casa, entrando por las ventanas abiertas de par en par. A la hora de la comida, un auténtico estallido: «¡SE ACABARON LAS CLASES!». Por la calle, lanzamiento de huevos y harina: «¡VENGA, CHICOS!». Los ojos chispeantes, las mejillas encendidas por la carrera, las camisetas sudadas. Cuánta belleza abierta a un verano preñado de promesas.

Mientras ellos dejan atrás un curso más, yo pienso angustiada en lo que empezará en septiembre, cuando por fin, con casi catorce años, entres en la secundaria, en esa misma escuela que ahora observo desde la ventana del dormitorio.

Tu aula estará justo enfrente. Si me asomo, puedo ver las ventanas detrás de las que estarás tú. Podría hacer como el protagonista de *Caos calmo*, el hombre que, tras la muerte de su mujer, todos los días se quedaba en el coche, aparcado delante de la escuela de su hija, y de vez en cuando la saludaba con la mano para tranquilizarla con su presencia. Para mirarte, yo ni siquiera necesitaría levantar la cabeza: me bastaría con subir apenas la mirada y encontrar la tuya. Lástima que tú nunca me veas desde ese «cerca», que para tus ojos será, de todos modos, demasiado lejos. Si hubieses sido una chica como las demás, cuánto nos habríamos reído en esta escuela que está cruzando la calle. Tal vez habríamos acordado unas horas para saludarnos con la mano o para intercambiarnos mensajes cifrados en un código exclusivamente nuestro.

O tal vez habrías ido a otro centro del barrio, con tu amiga del alma de la primaria. Ese que tiene taquillas, donde los alumnos van cambiando de aula para cursar las distintas asignaturas, como en las series americanas. O quizá a la escuela multiétnica e inclusiva en cuya entrada, sin embargo, hay escaleras, por lo que no creo que sea tan inclusiva como declara ser.

El paso de la primaria a la secundaria asusta a niños y padres. En nuestro caso, mis miedos se duplican: los compañeros adolescentes podrían ser violentos, ya no tendrás dos maestras sino muchos profesores en otras tantas asignaturas, ni habrá espacio para jugar... Y contarás con una nueva docente de apoyo. ¿Cómo reaccionarás a su voz? ¿Será joven o madura? ¿Tendrá experiencia o será novata? Cada año es una incógnita. ¿Y si ha elegido especializarse en problemas visuales pensando que así no tendría que enfrentarse a otras discapacidades más difíciles de manejar? ¿Y si fuese una docente que nunca ha trabajado con alumnos discapacitados, a la que sacaron de las listas comunes porque las de apoyo están crónicamente agotadas?

En los últimos años, todas mis batallas en nombre del sacrosanto derecho a la continuidad escolar se fueron desinflando sistemáticamente ante las absurdas redes de la burocracia, los directores de escuela indiferentes o incapaces, los incomprensibles mecanismos de los escalafones, entre la Delegación de Educación y los organismos, docentes con plaza y en plantilla, peticiones de traslado o permisos por maternidad, listas de especializados y escalafones comunes, suplencias temporales y anuales... Era tal la cantidad de variables que llegó un momento en el que ya no tenía sentido tratar de entender. Lo que sé es que jamás has contado dos años seguidos con la misma docente de apoyo, que el inicio de cada curso académico coincide con una época de agitada aprensión, y que —salvo pocas y muy afortunadas excepciones— el primer día de clase ha sido siempre una jornada decisiva para nosotras.

La mañana antes de tu ingreso en la secundaria, por ejemplo, recibí la mala noticia de que para ti no sonaría el timbre al día siguiente. Ni para ti, ni para todos los niños que necesitaban un auxiliar educativo municipal en clase. Por una estúpida descoordinación de calendarios, el servicio prestado por el ayuntamiento comenzaría el lunes siguiente. Una madre hiena habría dado un puñetazo en la mesa, habría gritado y despotricado. Yo hice las llamadas telefónicas pertinentes, pedí explicaciones, escuché los motivos, obtuve garantías y excusas. Pero cuánta rabia, frustración y amargura detrás de esa falta de atención que te negaba el derecho a tu «primer día». Así, mientras que tus compañeros empezaban a hacer amistades, conocían a sus nuevos profesores, se iban familiarizando con el patio, el aula, el comedor, a ti no se te permitía presentarse en clase hasta la semana siguiente, a media mañana, después de fisioterapia, como un marciano que llega cuando la fiesta ya ha comenzado.

Vivir enfrente de la escuela, oír los gritos y los reclamos de los chicos, incluso el timbre de las ocho, fue el dedo mordaz en la llaga de aquel primer día perdido.

El domingo por la noche dormiste poco y mal y te tiraste del pelo. Probablemente notabas la tensión acumulada en casa durante aquellos días de espera y expectativas frustradas. Por la mañana encontré tu cama llena de cabellos, incluso tenías muchos enredados entre los dedos.

Por fin llegó el lunes, por la mañana temprano fuiste a terapia con la tata mientras yo os esperaba en casa, presa de una ansiedad involuntaria. Me disponía a bajar para acompañarte cuando ocurrió. Fue un segundo, una desconexión entre el cerebro y el músculo, y el cuerpo funcionó por sí solo. Atónita, incrédula, me vi con las bragas sucias: me lo había hecho encima. La rabia reprimida, la frustración, el temor a no poder: ahí estaba todo, en aquella pobre, mísera mancha de mierda.

21

En la piscina, ingrávido, tu cuerpo va perdiendo rigidez lentamente. En la superficie del agua, echas la cabeza hacia atrás y te desprendes del gorro. Te gusta notar el frescor en el cuello, mojarte el pelo. Nuestros cuerpos se convierten por fin en uno. Te estrecho en un abrazo que te envuelve por completo. Un abrazo esférico. Ha desaparecido el respaldo de la silla que me impide tocar tu columna vertebral, y la posición vertical me permite pegarme totalmente a ti, sentir tus piernas, de los pies a las caderas, y también la pelvis, la barriga, el esternón, hasta la cara. Puedo darte mil besos mojados. Tienes por fin un arriba y un abajo, un delante y un detrás, simultáneamente. En la piscina encontramos alivio, todo se aligera, la ingravidez nos pone eufóricas.

Deberíamos poder sumergirnos a diario en una poza de agua en la que, abrazados, se aligerase un rato el peso de la vida, para después subir la escalerilla, secarnos y volver a echarnos a la espalda nuestra carga. Charles Bukowski escribió: «Dentro de un abrazo puedes hacer de todo: sonreír y llorar, renacer y morir. O quedarte quieto y temblar en su interior, como si fuera el último».

Quien tiene la suerte de gozar de buena salud carece de motivos para pararse a pensar en el cuerpo y su relación con el exterior: si los órganos funcionan, somos capaces de hacer de todo, comer, caminar, hacer el amor... Damos por sentado nuestro estado, nuestro ser, nuestra realidad.

En cuanto naciste entendí que mi cuerpo iba a necesitar no menos mantenimiento y cuidados que el tuyo. Para tener un hijo discapacitado hace falta, ante todo, mantenerse en forma, y por eso las madres de los niños especiales confían en gozar siempre de buena salud. Para ti, que no mantienes rectos el tronco y la cabeza y ni siquiera puedes permanecer sentada sin un soporte, que no usas los brazos y las manos y no puedes hacer palanca, abrir y cerrar los dedos y aferrar con ellos, la única postura sostenible de forma autónoma es la supina. Llega un momento en que los demás niños dejan de estar tumbados, de tomar leche, de hacerse pipí en el pañal; sus padres regalan los cambiadores y los calienta papillas, se desprenden aliviados de los barrotes de la cama, de carritos y hamacas para el baño, dejan de gastar una fortuna en envases gigantes de toallitas húmedas y solución fisiológica monodosis. Para nosotras, en cambio, los años de los cuidados no se acaban nunca.

Aunque siempre estuviste por debajo del peso que correspondía a tu edad, al cabo de un tiempo empezaste a pesar demasiado para mi espalda. Y si no quería quedarme clavada, debía entrenar los músculos y lubricar las articulaciones. Hacer algo de gimnasia, seguir asistiendo a mis clases de danza contemporánea. Muchas veces, cuando eras más pequeña y dormías menos que ahora, me hacías compañía durante los ejercicios matutinos, mientras fuera amanecía y en la radio se escuchaban los primeros programas del día. Me levantaba de la cama cansada tras pasar la noche con los ojos abiertos y las orejas aguzadas, y tú —muy despierta— me observabas curiosa y te reías de mi aliento entrecortado.

En las clases de danza nunca desconecté el teléfono, lo apoyaba bien a la vista contra la pared y, durante las secuencias de ejercicios, echaba un vistazo a la pantalla cuando se iluminaba. Me llegaban actualizaciones en tiempo real de tus papillas y tus cacas, a veces mensajes sobre malestares que me hacían salir corriendo antes de que terminara la clase. Mi profesora lo comprendía y me dejaba hacer; yo nunca me relajaba del todo, pero, a ratos, vivía momentos de total inmersión en el movimiento y sentía la dicha de compartirlo con mis compañeros. El diagnóstico —presagiado por una punzada en la espalda justo al volver de una clase— puso fin también a esos pequeños huecos. Y yo, que lo había apostado todo a mi cuerpo entrenado, después de tantos años de práctica, para que fuera mi aliado al cuidar de ti, no estaba preparada para ser testigo de su lenta y progresiva degeneración.

La urgencia de la enfermedad te deja sin fuerzas, te aparta temporalmente del actual, del vivir. Además, está todo el tiempo que duran los tratamientos, durante el cual hay un solo objetivo: luchar para derrotar el mal. Pero luego, con el paso de los días, si sobrevives, empiezas a preguntarte por la vida que te ha quedado.

«¡Señora, está usted estupendamente!», dicen los oncólogos. «Pero yo no me encuentro bien», intento rebatir en voz baja. Trato de explicar por qué, hago una lista apresurada de los efectos secundarios del tratamiento hormonal. Se me olvidan los nombres de las personas, siento que todo lo que aprendí durante una vida dedicada a los libros se está evaporando literalmente, en público me faltan las palabras, empiezo a balbucear, vacilo, me evado, hago lo imposible por volverme invisible... Los médicos me miran con indisimulado fastidio, como si lo mío fuese el berrinche de una niña malcriada. Me he salvado de milagro, ¿y me quejo por una uña encarnada? Entonces yo misma trato de restarle importancia, como si la calidad de vida fuera un lujo al que se puede renunciar, si se tiene la suerte de seguir viviendo.

Patrizia Cavalli también lo dijo: «La enfermedad me ha quitado las fuerzas, los tratamientos me han quitado la memoria». En su afirmación lapidaria reconozco la desesperación de la pérdida: sin memoria no hay escritura. No hay trabajo, no hay vida.

Paso largos meses en estado de latencia, meses que se convierten en tres años en los que la fragilidad pasa a formar parte de mí. Aceptar que será así para siempre: este es el punto a partir del cual se vuelve a imaginar el futuro.

Como ya no puedo escribir, hablar en público ni analizar el tema como antes, trato de recuperar la danza en mi cuerpo, empezando de cero. Pies paralelos, piernas levemente separadas. Volver a aprender una lengua que conocía a fondo y que se me ha olvidado. Pero hoy me miro al espejo y no me reconozco. El cuerpo ya no consigue hacer lo que hacía antes. Se fatiga, se ralentiza, exige reposo. Durante un año largo, después de mi operación de pecho, me resultó imposible levantar el brazo para coger la vajilla del escurreplatos.

Cuando nos duele una parte del cuerpo, procuramos evitar que alguien se acerque a ella, y, en ocasiones, al igual que con el cuerpo, lo hacemos también con nuestra alma: procuramos que no nos toquen.

Si la enfermedad altera el yo, ¿fue entonces cuando empecé a convertirme en otra? Tal vez para impedir que me tocaran, aprendí a bajar el listón de la exasperación. Dejé de tomarme a pecho cada acontecimiento diario y la indignación dio paso a una actitud de aceptación de la realidad: cuando el salvaescaleras del colegio no funciona, de nada sirve hacerse mala sangre si la bedela finge que no me ve para no ayudarme a subir las escaleras; si la maestra de apoyo no para de tomarse días de permiso, es de suponer que estarás con otra maestra, y si eso tampoco es posible, cambiaré el horario de la asistencia domiciliaria, iré a buscarte antes al colegio... o ya se verá. No es para tanto. Siempre se encuentra una solución. Ya ni siquiera me enojo cuando me encuentro coches aparcados en las rampas, colchones abandonados junto a los contenedores que nos cortan el paso, adoquines levantados y baches que destrozan tu silla de ruedas y nos dejan tiradas en el semáforo...

Ahora me queda claro que nunca volveré a ser la de antes, pero «hoy soy yo», canto para mis adentros robándole la letra a una canción muy querida. «Soy yo», repito golpeándome el pecho con la mano derecha, pero con cuidado de no tocar el puerto subcutáneo, un catéter venoso central que me acaban de implantar a la altura de la vena subclavia y que todavía no puedo incluir en mi pasaporte de paciente.

Al cabo de tres años, el tratamiento hormonal ha dejado de funcionar. Y aquí estoy. En una cama de oncología del hospital ambulatorio, en la postura que había imaginado tantas veces, conectada a un gotero. La imagen del cuerpo enfermo que jamás habría querido personificar. Docetaxel, pertuzumab, trastuzumab, y otros fármacos varios se abren paso lentamente, gota a gota, durante un total de siete horas de infusión. Es mi primera sesión de quimio. El personal es muy amable. Mi compañera de habitación —una señora entrada en años, cuya cara tiene el color moreno que vi en el rostro de mi padre la noche en que murió— y yo tenemos mucho frío porque la calefacción no funciona. Le enfermera enchufa una estufita a un ladrón que lleva escrito su nombre —lo ha traído de su casa—, pero tampoco funciona. Nos tapamos con los chaquetones. Yo, previsora como siempre, he metido en el bolso una amplia bufanda de lana. Me he organizado de maravilla, con galletas saladas, un libro, varios podcast descargados, el Kindle... Como si tuviera que emprender un largo viaje.

En los días siguientes, la toxicidad de ese veneno invade cada fibra del cuerpo, sacudiéndolo por dentro. Y cada día descubro uno o dos efectos secundarios, hasta que experimento varios, alguno recurrente, otros nuevos e inesperados. Cuesta entrar en la óptica de las ideas que sostienen que ese veneno es mi ejército aliado, mi tropa de refuerzo que, armada hasta los dientes, se lanza al ataque. ¿Otra guerra más? Me la habría ahorrado de mil amores.

El cuerpo se rebela, se subleva.

Pasadas dos semanas de la primera sesión, se me empieza a caer el pelo. Me había preparado con mucha antelación: en cuanto volví a casa de la consulta con el oncólogo, cuando me anunció el nuevo tratamiento, pedí cita y al día siguiente ya estaba sentada en el sillón de la peluquería. Un corte radical y, a golpe de tijera, a mis pies quedaron los mechones de «rubia de Roma Norte» al cabo de media hora. Por lo demás, no me gustaba nada mi pelo. Después, mi amiga Giò me acompañó a comprarme un par de turbantes y me hice con una colección de sombreritos y fulares que no estaba nada mal. Desde el principio tuve claro que no me pondría peluca.

Por mucho que te prepares, hay reacciones que no consigues prever. Encontrarse las manos repletas de pelos fue un choque. Sin embargo, una vez más, mi experiencia contigo, con tu pelo, que a menudo te hice llevar muy corto, acudió en mi auxilio. Todo el mundo lo lamentaba, muchos te confundían con un niño, hubo quien llegó a acusarme de añadir mortificación a la mortificación: ¡encima de que eras discapacitada te rapaba al cero! Pocos sabían la verdad: quería evitar que tirases de él, como sueles hacer cuando estás nerviosa, sobre todo de noche. Nunca lo he soportado, y cada vez que ocurre, amenazo con llevarte a la peluquería y cortártelo otra vez. Pero cuando lo llevas largo tienes un pelo muy bonito, de un rubio ceniza idéntico al que yo tenía a tu edad, pero un poco ondulado, y eso te viene de tu padre, que de joven lucía una melena de rizos oscuros.

En fin, que el mismo día en que yo me atormentaba por aquellas calvas, tú volvías a casa del colegio llena de piojos. ¿Era por eso por lo que el día anterior te tocabas sin parar la sien derecha? Ahí era donde se te acumulaban más y probablemente donde más te picaba. Como de costumbre, trataste de comunicar tu desazón, pero yo no lo entendí: pensé que te dolía el oído e incluso te puse gotas para la otitis. En mi descargo solo puedo decir que, pese a las alarmas cíclicas y repetidas que a lo largo de los años se divulgaron en los chats de padres, tú nunca habías tenido piojos. ¿Qué mejor momento para desviar la atención de mi cabeza a la tuya? ¡Claro que sí! Debo tener más confianza en la capacidad de nuestros cuerpos para comunicarse, en el vínculo que une y que a veces encuentra senderos misteriosos para manifestarse.

Este episodio es como una puerta que se abre al conocimiento: durante mucho tiempo pensé que mi enfermedad era incompatible con la tuya, que nuestros cuerpos enfermos no podían convivir y, sobre todo, que no podían hablarse. Sin embargo, toda la comunicación sigue pasando a través del cuerpo, aunque esté enfermo. Es más, me atrevo a decir que por el hecho de estar enfermo.

Yo soy mi cuerpo, que acumula marcas, heridas, cicatrices. Cuerpo que es mi sello distintivo, texto que habla de mí. «En la enfermedad revelo todo mi ser. En la enfermedad me desarrollo, crezco como una flor, encuentro mi verdadera vida», escribió Franz Kafka. El cuerpo me inspira, me guía, me enseña. En él —sea el que sea— debo creer. Solo si recupero la confianza en mi cuerpo puedo exponerlo a tus asaltos. Puedo dejarme invadir por ti, y no temer a nada.

Busco consuelo en las páginas de los libros, sedienta de confirmaciones de quien vivió en su propia piel la experiencia de inocularse un veneno que a la vez era su cura, y consiguió traducir los hechos en palabras. Severino Cesari escribió: «No soy más que la cura que hago. Y no estoy solo al hacerla. La cura presupone la práctica cotidiana del amor. No hay más vida que esta de ahora, esta vida maravillosa que permite otra vida». Sí, es así: en este momento, la cura es para mí la única vida posible.

29 de noviembre de 2016

En el colegio, redacción de tercero de primaria, después de uno de tus ingresos en el hospital.

Tema: Daria ha vuelto por fin a clase.

Orlando: «*Cuando Daria está en clase somos más felices y sonreímos más. Cuando tú estás pensamos mejor y con más fantasía y habilidad. Tú nos abres la imaginación*».

22

Cuando me di cuenta de que tenías debilidad por un niño de tu clase, te conté al oído que yo a tu edad también me enamoré de un chico que se llamaba igual: Paolo. Estábamos abrazadas en el sofá, nuestro lugar de los arrumacos vespertinos. Tú me sonreíste y, con tu voz sin palabras, reaccionaste a la noticia con una modulación de sonidos tan articulada que me dejó pasmada. Era como si hubieses comprendido a la perfección lo que yo te estaba diciendo. En ese momento tuve la certeza de que nos estábamos comunicando de verdad, de un modo que no sé explicar, que no pasa por el lenguaje verbal (para ti no, al menos), sino que llega directamente, sin vacilaciones y llena todos los sentidos.

Han pasado más de treinta años desde que, una mañana gris de finales de octubre, Paolo se fue volando detrás de la vela de su tabla de windsurf. Se empeñó en salir a toda costa, aunque no fuese la temporada, en contra de la voluntad de su madre, que se negaba a darle las llaves del coche. «¡Entonces te voy a quemar el abrigo de piel!», la amenazó. Con un amigo recorrió el puñado de kilómetros que lo separaban del puerto, impulsado por aquel anhelo de comerse la vida a bocados, un anhelo que me atraía como un imán, a mí, tan tranquila y mesurada, tan alejada de sus encendidos entusiasmos, de sus chifladuras, de su fulgurante ironía. Yo, que ya nací vieja; él, que nunca llegaría a viejo.

Morir a los veintiún años. Convertirse en consumado modelo de belleza, de perfección. La perfección que solo la muerte puede dar.

Dado que ahora guardamos este pequeño secreto, por fin puedo hablarte de mí y de Paolo. Te enseño la única foto en la que salimos juntos, yo con quince años, él tenía uno más. A principios de los ochenta se sacaban pocas fotos, y solo en ocasiones especiales. Esta copia en color es un retrato que un chico nos hizo sin que nos diéramos cuenta, durante una excursión a las afueras un lunes de Pascua, *lu Pascone*, como se llama en nuestra tierra. Estamos en un prado, yo sentada como Buda, Paolo tumbado, con la cabeza apoyada en el hueco formado por mis piernas. Tiene la mano levantada hacia mi cara, como si fuera a rozarme la mejilla con una caricia. Días después aquel chico me paró por la calle en el pueblo para darme la copia. «Parecéis los de la película *La fiesta*», dijo, y desde entonces nos quedó aquel apodo. Estoy segura de que Paolo se mofaba de él con los de su grupo; a ellos les gustaban más otras, como *Habitación para cuatro*, y no las edulcoradas para adolescentes. Esas eran todas para mí, que leía *Lo que el viento se llevó*, otro de los apodos que un amigo suyo me había endilgado tras verme con aquella novela en la mano, pero también porque estaba flaca como un palito y una ráfaga de viento podría levantarme fácilmente del suelo y hacerme volar. Aquella foto, ejemplo aparente de cariño y dulzura, en realidad captaba el instante posterior a una pelea. Había descubierto que Paolo y sus amigos se habían apartado para fumarse un porro y, en cuanto me quedé sola con él, no perdí la ocasión de echarle la bronca. «¿Por qué lo haces? Es peligroso. ¡Te hace daño!», y todo el repertorio de reproches y recriminaciones. Pero Paolo me sonrió, me acarició, sin duda para tranquilizarme con su ligereza, que, lo comprendí después, no era superficialidad ni displicencia. Eran ganas de vivir, de probar todo lo que pudiera en el tiempo escaso que el destino le había concedido. Tenía que fumar aunque le hiciera daño. Faltar a clase todas las veces que le viniera en gana. Follar aunque yo no estuviera preparada. Conducir aunque no tuviera el carnet. Hacer sesiones de rayos UVA, ponerse un pendiente, depilarse el tórax, tomar unas pastillas para inflar los músculos, liarse porros. Y si yo —como siempre— me negaba a apoyarlo, él se buscaba a otro, o a otra, feliz de compartir aquellas experiencias. Paolo no podía esperarme porque no tenía tiempo. Debía hacerlo todo y enseguida. Yo llegaría a adulta, él tendrá siempre veinte años en la memoria de todo un pueblo.

Su pérdida es una de las penas, tal vez la primera pena verdadera, que hizo de mí la que soy. Me pase lo que me pase, yo sé que sobreviviré, porque sobreviví a esa pérdida.

Dentro de mí Paolo sigue vivo: viva su sonrisa, vivos sus bonitos ojos verdes, vivo el corazón en un puño cada vez que me topaba con él, estuviéramos juntos o separados, estuviera solo o acompañado de su última conquista. Si muere tu primer amor, es inevitable que se vuelva eterno. Paolo fue mi primera vez: mi primer amor, mi primer dolor, resulta curioso que en ambos casos haya de por medio una laceración. Algo que se ha roto, el primer desgarro. ¿Acaso sabía yo que habría otros? Sí, lo sabía. ¿Acaso sabía que seguiría viviendo? No, pero aprendí a hacerlo a medida que fue pasando el tiempo y continuaba sin morirme.

Ahora, cada vez que voy al cementerio, me veo pronunciando dos veces mi viejo saludo ante las tumbas, el que he seguido susurrando durante estos últimos treinta y cinco años —«Adiós, Pa'»—, y el que ahora repito en la fría capilla donde reposa el abuelo Franco. «Adiós, pa'».

Vete a saber lo que entendiste de las pocas y dudosas palabras con las que te conté que tu abuelo adorado se había ido. Dejé pasar unos días antes de darte la noticia. Sentí la necesidad de tomarme un tiempo para estar segura de poder hilar un discurso sin echarme a llorar. ¿Cómo transmitirte este hecho tan doloroso y definitivo? Seguí el consejo de pensar en un objeto que regalarte, algo real, un «lugar físico» que para ti lo representara a él, algo que tú pudieras tocar, al que pudieras dirigirte. Al final, me decanté por un cojín en forma de estrella, lo compré en internet y en él hice estampar el retrato del abuelo. Es la misma foto que usamos en la iglesia y el cementerio, la hicimos con el móvil cuando cumplió ochenta años. Una foto de grupo, con el pastel delante. Tu padre la amplió para sacar un primer plano y con Photoshop borró mi mano apoyada en su hombro. Cada vez que la miro —papá hizo más copias para la familia—, pienso en la muerte que lo arrancó de nuestro abrazo, aislándolo y fijándolo para siempre con aquella expresión sonriente, alegre. Él, en el centro de un grupo de mujeres, de «sus» mujeres, soberano indiscutible de una corte femenina: esposa, dos hijas y tres nietas.

Tú, la *cittila* de la casa, la chiquitina, tardaste un tiempo en relacionarte con él, pero poco a poco lograste conquistarlo. Al principio no se ocupaba mucho de ti. En tus primeros años de vida necesitabas sobre todo a alguien que atendiera tus necesidades básicas y el abuelo no estaba muy acostumbrado a eso de los cuidados. Pero desde el momento en que empezaste a comunicarte, a tu manera peculiar, con risas y grititos, entre vosotros brotó el amor. «Abuelo» era la palabra mágica que te hacía estallar en risas y en gritos, que te hacía enderezar la espalda y levantar la cabeza. Vuestras conversaciones, incluso a distancia, eran pura diversión. Había algo instintivo en su manera de dirigirse a ti que siempre me fascinó. Él no sabía nada de estrategias de comunicación alternativas, pero su chorro de voz captaba tu atención y, ahora que lo pienso, durante mucho tiempo fue la única voz masculina, si exceptuamos la de papá, que no solo toleraste sino que amaste incondicionalmente. «Maravillosa», te cantaba entonando la canción de Modugno que hoy, en la versión de Negramaro, ha entrado en tu lista de favoritos como «la canción del abuelo».

Después, todo ocurrió de repente. Un día, como escribió Joan Didion, te sientas a cenar y la vida que conocías se acaba. Un duelo más, una pena más.

Adiós, Pa'. Adiós, pa'.

23

Mi corazón parece de piedra. Duro, impenetrable. Llevo tres meses y medio —desde que empecé la quimioterapia— pensando en mi muerte, en cómo organizarlo todo para que no se venga abajo cuando yo ya no esté. Me paso los días leyendo sobre fideicomisos y la ley «después de nosotros», consultando con abogados sobre ascendientes y cuotas de la legítima, poniendo a punto mi testamento de voluntades anticipadas. Si tu padre y yo muriéramos a la vez en un accidente, tu condición de discapacitada implicaría la intervención de un juez tutelar. Pienso en todo esto con una frialdad que me desconcierta a mí la primera. Como si la cosa no fuera conmigo, dirían en Nápoles.

Te lo he dicho ya: tengo el corazón de piedra. Siento que nada me afecta. Que podría ocurrir cualquier cosa y no me movería ni un milímetro de este estado. Quizá se deba a que han ocurrido demasiadas cosas y por eso ya no tengo miedo a nada. Me siento condenada.

A menudo la gente me habla de la importancia de la voluntad de curarse. «Tienes que poner de tu parte», repetía obsesivamente a los enfermos de cáncer el personaje del sacerdote en *La línea vertical*, la serie de televisión de Mattia Torre. Últimamente, cuando oigo estas palabras me subo por las paredes.

Me callo por educación, pero mandaría a todo el mundo a la mierda. Es que yo no creo en eso. ¿Estamos diciendo que Mattia, Luca, Michele, Roberta, Lucien, Paolo y otros mil como ellos no se curaron porque no pusieron de su parte? Venga ya. Desde el punto de vista médico, cuando el tumor se te ha metido dentro y recibe la clasificación de metastásico, puedes poner todo lo que quieras de tu parte, pero ahí se te queda clavadito. Remite, pero después vuelve y te fastidia por otro lado. Solo es cuestión de tiempo.

En las últimas semanas he dejado de telefonear y también de contestar llamadas. No tengo ganas de hablar. Solo podría decir «tengo náuseas», «me lloran los ojos», «se me han caído las uñas de los pies». ¿Cómo expresar el cansancio, la irritación, la exasperación de los largos días de enfermedad, iguales y distintos? ¿La rabia hacia los venenos de la cura que mortifican el cuerpo llevándose la poca belleza que queda? Estoy fea, feísima. Los ojos hinchados me lagrimean sin parar durante días. Se me reseca la piel. La diarrea no me da tregua. Tengo la tez grisácea de las personas enfermas, mis ojeras son dos calamares negros. Mi cuerpo produce horror. La envoltura se deshace, el centro se endurece.

«Si puedo, hasta evito ducharme, para no sentir el contacto de mis manos sobre la piel», le confieso una tarde a Martina por WhatsApp. Al día siguiente, mientras estoy en el hospital para la sesión de quimio, llega un paquete a casa. Qué raro, no recuerdo haber encargado nada. Le pido a papá que lo abra. Poco después recibo la foto de dos esponjas de ducha. En el paquete se ve la silueta sinuosa de un cuerpo femenino. Martina...

Encerrada en mi caparazón, me cuesta encontrar un poco de suavidad incluso para ti. Te miro poco, te toco todavía menos. ¿Te has dado cuenta? ¿Estás enojada conmigo por eso? Perdóname. He puesto distancia con el resto del mundo. Y tú también has ido a parar a ese resto. No siento nada. Ni dolor, ni miedo. Quizá solo arrepentimiento por lo que habría podido hacer y no hice. Por lo poco que he vivido, y ahora aquí me tienes. La vida queda atrás. Delante de mí no veo nada. ¿Qué harán con todos estos libros? ¿Quién los leerá? Tú no, seguro.

No ser capaz de hablar. Y además no querer escuchar más. Basta de palabras de consuelo, basta de conmiseración, basta de peroratas motivacionales. Basta de tanta empatía y de tantos «Dale, que nos recuperamos».

Silencio. Y en el silencio, si el corazón es de piedra, a refugiarse otra vez en la palabra escrita. Libros que me esperaban desde hacía tiempo y que, sin ninguna intención, han venido hasta mí. Solo tengo que abrirlos y en ellos encuentro historias de enfermedad y duelo. Historias de sufrimiento y dolor de las que cualquiera en mi estado se alejaría. Eso mismo me sugieren que haga mis amigas cuando pronuncio sus títulos. «¿Estás loca? Déjalo estar». «Lee algo más alegre». «No seas masoquista». Sin embargo, yo me llevo estas historias al hospital, las devoro en mis noches insomnes bajo el efecto de la cortisona. Y finalmente consigo llorar. Lloro por Jude, lloro por Juliette y por Étienne: si no consigo llorar por mí, puedo hacerlo por una vida como tantas, o por vidas que no son la mía pero que por momentos se parecen bastante. Ahí están, las palabras que buscaba, las únicas capaces de golpear la piedra de mi corazón, crear eco, producir resonancia. Otras lágrimas se suman a las que siguen brotando sin sentido de mis ojos.

En el libro de Carrère me impresiona la teoría elaborada por el psicoanalista Pierre Cazenave, que se definía como «canceroso». Dice: «Cuando me anunciaron que tenía cáncer, comprendí que siempre lo había tenido. Era mi identidad». A partir de este sentimiento suyo, Cazenave llega a afirmar —para alivio de algunos de sus pacientes «cancerosos»— que hay personas para las que el cáncer no es un accidente, sino la máxima expresión de una infelicidad preexistente. Algo que forma parte de su identidad y que viene de muy lejos, de la infancia, de la conciencia de no haber existido nunca de verdad, de no haber vivido nunca de verdad. Esta enfermedad infantil puede permanecer silente durante años y luego manifestarse de repente. El que la padece, la reconoce de inmediato.

Esta lectura me transporta al pasado, a un día de mi adolescencia. Hurgando en un cajón del dormitorio de mis padres, encontré un certificado de interrupción del embarazo. Yo todavía era pequeña y aquel descubrimiento me conmocionó, y me dejó la clara impresión de que mi existencia podía ser una pura casualidad. Tal vez allí, por primera vez, tomé conciencia de la precariedad de la vida: cara o cruz, nacer o no nacer.

Y vuelvo a pensar en la pérdida de Paolo. En mi sueño de amor roto. También en ese caso —yo tenía veinte años— fui consciente de que su muerte sería un desgarro del que jamás me recuperaría. Algo se hacía añicos y nunca más se reconstruiría del todo. ¿Cómo pude seguir adelante? Lo hice viviendo un día a la vez.

Y todavía pienso en tu nacimiento. En mi sueño roto de ser madre. La conciencia, esta vez, de que tu nacimiento desgarraba algo que ya había sufrido un desgarro. Como una herida suturada en la que el cirujano vuelve a incidir con un bisturí. Y la reabre. Seguí viviendo. Un día, otro día, un día más. Todos pueden vivir un día más.

Por eso cuando enfermé no me sorprendí demasiado. Esa herida, esa lesión en la espalda, ese nódulo en el pecho llevaban ahí mucho tiempo. Este tumor soy yo, es mi identidad. En él me reconozco y, finalmente, vivo.

Esta mañana me he caído frente al laboratorio de análisis. Tal cual, de bruces. Tropecé, tres o cuatro pasos con el peso desequilibrado hacia delante, hacia abajo y al suelo, las manos en el asfalto para tratar de proteger la cara. En los pocos segundos en que mis pies siguieron articulando el paso, dilatados como en una secuencia a cámara lenta, mi mente tuvo la certeza de que mis piernas aguantarían y que yo conseguiría recobrar el equilibrio. Pero qué asombro, qué sensación de impotencia cuando me vi en el suelo, consciente de que no lo había logrado.

La metáfora de la caída sella mi naturaleza cancerosa: caigo de nuevo, re-caigo, golpeo donde ya había un moretón. La sutura se reabre, y lo que se desgarró hace tiempo vuelve a desgarrarse.

24

El 30 de agosto de 2019 se te rompió la vida. Eso decimos en nuestra tierra para anunciar la llegada de la menarquia. *Ti s'à spizzète la vite*. Tenías casi catorce años, te habías convertido en mujer y yo no estaba allí. Estaba segura de que ocurriría en mi ausencia. La semana anterior, mientras nos encontrábamos todos juntos en la playa, en casa de los abuelos, empezaste a manifestar una extraña molestia: rechinabas los dientes sin parar, la baba te caía de la boca más copiosa que de costumbre, la cara se te contraía en muecas de dolor. Al principio pensé que se trataba de una muela, ya te había ocurrido más veces. Pero contigo siempre hay que probar para ir descartando. Nuestras conversaciones sobre tu estado de salud están marcadas por conjeturas e hipótesis. Parecemos un pequeño grupo de elegidos —papá, la tata, yo—, un poco zahoríes, un poco investigadores privados. Reunimos indicios, nos entusiasmamos con una intuición que, en ese momento, nos convence plenamente y al cabo de nada se revela falsa. Pero esa vez me pareció que era un malestar nuevo y tú me lo diste a entender cuando, al pedirte con insistencia que te tocaras con la mano derecha donde te dolía, tu puño volvía repetidas veces a la barriga, incluso en posturas, contextos y momentos distintos del día, pues contigo es necesario hacer pruebas y contrapruebas. Probablemente tenías los calambres típicos del síndrome premenstrual. Y así fue, al día siguiente de volver de nuestras breves vacaciones, papá y yo recibimos la fatídica noticia, acompañada de documentación fotográfica inequívoca de tu «vida rota».

A mí me ocurrió con catorce años recién cumplidos, la última de todas mis compañeras de cuarto de bachillerato elemental. Recuerdo la euforia por la llegada de ese acontecimiento tan esperado que por fin me hacía sentir igual a las demás, pero también la vergüenza por aquella bandeja de pastas que mi madre compró para celebrarlo, siguiendo una costumbre popular que a saber de dónde venía.

Desde entonces he ido anotando puntualmente el comienzo de cada ciclo en una libretita blanca, con una funda dorada y un bolígrafo. Un objeto en cuyo interior está encerrado, mes tras mes, año tras año, el tiempo de mi fertilidad. Treinta y cinco años, de los catorce a los cuarenta y nueve, cuando el tratamiento hormonal me catapultó, de un mes para otro, a la menopausia forzosa.

En el fondo de un cajón aún conservo esa reliquia, un objeto que ya entonces poseía un sabor antiguo. Pero ahora tengo otras fechas en las que pensar y otros soportes donde anotarlas. Una nueva entrada en la agenda del móvil, «regla daria», se suma a las demás citas periódicas que debo recordar: «fisioterapia», «cambio botón daria», «nuevo pedido pañales», «renovar certificado nutrición», «prueba neurológica», «control ortopédico», «RX pelvis y columna»... Mi agenda está llena de ti, en mi billetera: mi carnet de identidad y el tuyo, mi tarjeta sanitaria y la tuya, mi certificado de invalidez y el tuyo. En el ordenador, mis partes médicos y los tuyos. Cuanto más pasa el tiempo, más nos parecemos tú y yo. Tal vez esos sueños en los que veo que eres dos no hablan de otra cosa que de ti y de mí. Soy tu madre, soy tu hermano abortado, soy tu gemela no nacida.

27 de noviembre de 2019

Hoy cumples catorce años.

El regalo de Cecilia, tu amiga del alma, es un álbum con la mitad de las páginas llenas de fotos donde salís juntas, desde el primer año de primaria.

Viene acompañado de estas palabras:

Para mí eres luz en los momentos de oscuridad,
eres la luna en la noche, eres mi estrella polar.
Más allá de todo y de todos estamos tú y yo.
To be continued.

25

Las cinco de la mañana. Sentada a la mesa del comedor, con la cabeza entre las manos, me abandono por fin al llanto. Mientras toda la casa duerme, quizá espero que alguien me oiga, que tú te despiertes, que papá venga y me envuelva entre sus brazos para consolarme. Estoy exhausta. Después de la enésima noche sin pegar ojo, presa de unas náuseas que no me dan tregua, siento que no puedo más. Es demasiado duro para mí. Y el pensamiento de que me esperan más sesiones de quimio me resulta insoportable, creo que no podré aguantarlas. Una pastilla de Plasil y el desahogo del llanto me hacen sentir algo mejor. Trato de interrogar a este cuerpo deteriorado, preguntarle si puedo seguir contando con él. Desenrollo la alfombrita y me tumbo en el suelo. Me duele todo. Hago pequeños movimientos con la espalda, como una ola de abajo arriba y vuelta a empezar. La respiración se calma, se vuelve más regular. Las manos en el vientre, para proteger, contener, calentar las vísceras en rebelión.

Siento que mi cuerpo me ha traicionado y estoy enfadada con él. Su fragilidad ya forma parte de mí y, cada vez que se manifiesta, aunque sea una pequeña señal, el ardor de esa traición se reaviva, como ascuas que vuelven a ser llamas. Ahora este es el sentimiento más vívido, el recuerdo de heridas e insultos recientes, tan dolorosos que ofuscan cualquier recuerdo anterior. Busco en mí las huellas de experiencias pasadas, giro lentamente las muñecas y los tobillos, intento estirar manos y pies. Pero los dedos están entumecidos, fríos, insensibles. La intención no produce estiramiento, no encuentra espacio para extenderse más allá de los límites de la piel.

El tiempo que pasa, los recuerdos, el cuerpo que cambia, la memoria, la vejez, la pérdida... todo esto resuena en lo más hondo de mi ser. Y mientras estoy aquí, tendida e incapaz de moverme, pienso en un espectáculo de Olivier Dubois que vi hace unos años, *My Body of Coming forth by Day*. Vuelve a aflorar a la memoria la imagen del coreógrafo francés, que recibe al público y lo invita a ocupar sus asientos en la platea y los laterales del escenario. En una mezcla de francés, inglés e italiano, recorriendo el espacio escénico a grandes trancos, agasaja a los presentes ofreciéndoles una copa de champán o un cigarrillo y les explica que necesitará de su participación activa en el espectáculo. Al principio me irritan sus intentos de buscar a toda costa la provocación, la carcajada, el guiño. No me gusta que beba y fume con descaro mientras exhibe descaradamente un cuerpo macizo, con un vientre decididamente blando y pronunciado.

Hasta los cuarenta años, Dubois era considerado uno de los mejores bailarines del mundo, amado por coreógrafos como Jan Fabre, William Forsythe, Angelin Preljocaj; después, tal vez cansado de ser solo un intérprete, se dedicó a hacer coreografías propias.

My Body... parte de una pregunta: ¿qué queda hoy, en ese cuerpo, de las decenas de coreografías que Dubois bailó a lo largo de su carrera? ¿Y cuánto vale ese cuerpo-archivo, memoria viva y encarnada de tantas obras de arte? El coreógrafo francés nos propone un juego: echar a suertes el título de uno de los espectáculos interpretados por él para representarlo ante nosotros. El primero es un homenaje a Fred Astaire. Con un salto repentino, Dubois pasa de un estado corporal ordinario a una presencia cautivadora que se manifiesta en la mirada, en la posición de la figura y en el modo de andar hacia el proscenio. En un instante todos estamos con él. Pero ese es solo el principio. Sigue una serie de piezas que Dubois danza con increíble maestría, por momentos con auténtico virtuosismo, a pesar de su cuerpo voluminoso y estéticamente alejado de cánones de gracia y armonía impuestos a los bailarines. Me impresiona esa manera de ser, parece poseído, habitado por los fantasmas de Forsythe y Nijinsky, de Jan Fabre y Preljocaj, cuyos distintos lenguajes ha incorporado el bailarín.

Pero ¿qué hace Dubois, hoy cincuentón, con todo ese saber corporal acumulado? Actores, bailarines, cantantes... nos gustaría que no envejecieran nunca, hasta tal punto estamos vinculados a aquello que su arte ha supuesto en nuestras vidas. A veces me emociono ante las huellas que los años han depositado en los rostros y los cuerpos de los grandes artistas que he admirado. Es como verse reflejado en un espejo, mientras se pulveriza el recuerdo de una juventud lejana, de una prestancia física perdida.

Cuando estudiaba danza, a menudo conseguía en sueños ciertos virtuosismos que no me salían en la realidad: espagats frontales, *tours en l'air*, un número interminable de *pirouettes* sobre las puntas. Eran sueños tan reales que al despertar conservaba el placer físico de la pelvis aplastada contra el suelo con las piernas abiertas ciento ochenta grados, la gratificante sensación de estar suspendida·en el aire, la embriagante exactitud del chasquido de la cabeza que, tras cada giro, volvía a mirar al mismo punto dos, tres, cuatro, cinco veces. De día, los ojos de quien baila escrutan atentos el espejo, aliado y enemigo a la vez; observan el temblor de la pantorrilla, la flexión del dedo, la elasticidad de la espalda. Y así, de noche, los ojos se cierran para abandonarse a los sueños del cuerpo.

Ahora ya no sueño con saltos y giros y espagats. Cuando me tumbo en el suelo, cierro los ojos y, en la oscuridad, busco el cuerpo con los sentidos. Escucho el crujido de la articulación, envío calor al músculo, visualizo la vértebra que toca el suelo y la que no lo toca. Intento llenar de aire ese espacio, respirar dentro de él, consciente de mis escasos y pobres medios.

Veo danzar a los demás y lamento no poder hacerlo yo. He conocido la energía, la potencia, la fuerza de un cuerpo que se mueve y obedece, pero ya no estoy en condiciones de llevar a la práctica esa forma de expresión. Por ello admiro a artistas como Olivier Dubois. Me gustaría poseer esa misma conciencia de que cuanto he vivido, aprendido y experimentado, y que hoy creo perdido —neuronas y músculos y huesos dañados por los medicamentos—, aún sigue vivo, en alguna parte.

En la oscuridad de la sala, con los ojos clavados en la gran pantalla, me gustaría volver a escuchar, como hace tantos años, el tema musical de Deborah y dejarme guiar, como ella, por el sueño infantil de la danza. Salir yo también de esa trastienda, con las zapatillas de punta al hombro y la espalda recta de quien no vuelve la vista atrás.

26

Es una tarde sombría de principios de marzo de 2020. Esta mañana te has despertado entre accesos de tos y a la hora de la comida tenías unas décimas de fiebre.

El problema no es quedarme en casa, porque ya lo he hecho antes, muchísimo, y me he quedado —a lo largo de los años— durante periodos muy prolongados. El enclaustramiento durante tus primeros meses de vida, la cárcel napolitana de Posillipo, tus (nuestros) ingresos hospitalarios y las largas convalecencias, cuando no podía o no quería dejarte en manos de nadie: son recuerdos que todavía queman. Después llegaron mis hospitalizaciones, las intervenciones, los tratamientos que en los últimos años me tuvieron anclada al sofá, exhausta, incapaz de hacer nada. La sensación de un tiempo suspendido, de inacción, pero también la familiaridad de vivir todos los días con la posibilidad de la muerte. Me la recuerda la punzada en la espalda que se hace notar periódicamente, me la recuerda el dolor en el tórax, me la recuerdan las cicatrices cada vez que me miro al espejo.

Enciendo el televisor, zapeo, me levanto para ir al baño, me siento delante del ordenador y empiezo a escribir, abro Facebook y me paso media hora mirando las publicaciones de todos, me preparo un té con galletas, pienso que debería hacer algo de gimnasia, empiezo a leer un libro, podría aprovechar para ordenar la biblioteca, me como uno dos tres cuatro caramelos. Llego a la conclusión de que te despertarás dentro de poco y no merece la pena ponerme a hacer nada de todo esto.

Rezo para que te despiertes sin fiebre y se te haya pasado la tos, que se trate solo de los coletazos de la gripe estacional y no de este virus que ha puesto al mundo de rodillas.

Estamos confinados. Los servicios de cuidados intensivos se ven desbordados, al parecer empiezan a elegir a quién le ponen oxígeno en función de sus posibilidades de vivir.

Estos pensamientos no son nuevos para mí. En el colegio, durante los simulacros de evacuación, tú siempre has sido la última en salir. Primero los sanos, dotados de piernas para llegar a las vías de evacuación. Con tu silla de ruedas serías un estorbo y por eso debes esperar a que salgan los demás. Alguien —un ayudante, un bedel— debe quedarse contigo y hacerte compañía en una habitación específica. Esta es la práctica habitual, pero muchas veces me he preguntado si, en caso de peligro real, se cumpliría de veras.

Hoy las dos somos criaturas de segunda y, si enfermáramos gravemente, ni siquiera merecería la pena llevarnos al hospital. Hoy las dos formamos parte de una categoría bien definida, la de «los frágiles».

Chiara Bersani, directora teatral y artista, afectada desde su nacimiento de osteogénesis imperfecta, escribió sobre la discapacidad en tiempos del coronavirus, destacando cómo las personas discapacitadas, los ancianos y los enfermos oncológicos asumieron el papel de débiles, de casos límite que confirman el poder de los sanos. Para Chiara, este virus podía ser la oportunidad de recordar que todos somos humanos y, por lo tanto, frágiles. Sin embargo, fue una ocasión perdida: «Tal vez el cuidado de sí mismos y de los demás habría ocupado realmente durante un tiempo el centro del mundo. Y dado que estoy haciendo un juego de imaginación, me gusta ir más allá y pensar que tal vez el capitalismo habría temblado al ver vacilar sus falsos cuerpos inmortales y atléticos. Habríamos sido tod*s frágiles y nosotr*s, que conocemos desde siempre la fragilidad, juro que habríamos cuidado de vosotr*s. Pero no ocurrió nada de esto...».

Mientras leo sus palabras, pienso en la primera vez que la vi en escena, en una performance de Alessandro Sciarroni que se titulaba *Your Girl*. Recuerdo dos siluetas recortadas en un espacio completamente blanco: un muchacho alto, apuesto, musculoso (Matteo Ramponi) y una muchacha en silla de ruedas, rubia, de rasgos delicados y cuerpo anómalo. Revivo la conmoción que sentí cuando empezó a sonar un gran éxito de Tiziano Ferro, fue una especie de cortocircuito emotivo entre el texto y la música pop de *No me lo puedo explicar* y la visión de aquellos dos cuerpos jóvenes y desnudos, él escultural, ella pequeñísima y frágil. Él, desde lo alto de su metro ochenta, alarga el brazo para apartar con delicadeza infinita el pelo que a ella le cubre la cara. Dos criaturas hermosas, una al lado de la otra, se aferran de la mano.

La danza es una pasión que jamás se agota. Pero con el tiempo mi mirada de los cuerpos danzantes ha cambiado. Antes que la técnica, la habilidad, el virtuosismo, me emocionan los cuerpos mismos, las personas que bailan más que la propia danza. Me cautivan quienes, como Chiara, logran que su voz estalle a través de un cuerpo no conforme, demostrando que existe una posibilidad para aquellos a los que, por su forma, su identidad, su filiación, su edad, su género, su origen, les cuesta encontrar un espacio de expresión.

En 2019, cuando Alessandro Sciarroni recibió el Premio a la Trayectoria en Danza en la Bienal, lo dedicó a la memoria de su tía Maria Pia, que tenía síndrome de Down. «Ella me enseñó que el tiempo se dilata cuando pasas largo rato haciendo una sola cosa y, en cierto modo, de ella aprendí a perder la noción del tiempo sin dejar de ser consciente», explicó.

De hecho, en muchos de sus trabajos, Sciarroni elige una práctica e indaga en ella a través del filtro implacable y transformador de la repetición.

Repetición. «Osti, osti, osti...». ¿Te acuerdas? Una cantinela que acompañaba siempre al movimiento rítmico del cuerpo, como nos enseñaron a hacer cuando, al poco de salir del hospital, tratábamos de apaciguar tus gritos nocturnos. Pienso en nuestras danzas cuando eras pequeña y te cogía en brazos para dar vueltas en un vals o bailar bien agarradas, mejilla contra mejilla. Cuando fuiste creciendo estrenamos los corros y los trenecitos en la silla de ruedas, que siempre me produce una enorme frustración por culpa del complicado giro de las ruedas, de ese hierro y esos acolchados que no logro ver como oportunidades sino solo como obstáculos para el contacto de nuestros cuerpos. Entonces busco un baile pequeño, de las manos o los brazos, me refugio en la repetición solitaria de movimientos rítmicos confiando en una proximidad que tú puedas sentir, que pueda pasar a través de la pantalla de tu piel y resuene dentro de ti con su vibración. Y mientras bailo contigo, siento que el premio al trabajo de Alessandro Sciarroni, en cierto modo, nos toca de cerca porque tiene que ver con una idea democrática de la danza. Por artistas como él, como Chiara Bersani y muchos otros, siento una profunda gratitud porque han desgarrado el velo mostrando cuán vasto y variado es el alcance de la gracia y la belleza.

31 de enero de 2021. Casi un año después de la reflexión de Chiara sobre el relato de la pandemia, Francesco Piccolo escribe en *la Repubblica* sobre una «nueva maraña de sentimientos, retorcida y antinatural, que ha creado el coronavirus: tener más miedo de los propios hijos que de cualquier otro ser humano del mundo». El miedo al que se refiere es el del contagio: si nuestros hijos enferman, se curarán fácilmente, mientras que no se puede dar por sentado que a nosotros, los padres, nos ocurra lo mismo.

Leyendo sus palabras, creo que el verdadero problema que la pandemia ha sacado a la luz en toda su evidencia es el terror inmenso que sentimos ante la enfermedad y la muerte. Estamos convencidos de ser criaturas que gozan del indiscutible derecho a una salud perfecta, a un cuerpo/mente dotado de órganos y funciones capaces de ofrecer prestaciones al máximo nivel. La nuestra es una sociedad que sencillamente ha eliminado el concepto de enfermedad, en la que los enfermos son siempre «los otros»: los pacientes oncológicos, los discapacitados, los diferentes... Por ello, como escribía Chiara en los albores de la pandemia, una de las primeras estrategias de supervivencia contra el virus por parte de los sanos fue distanciarse de las llamadas personas de riesgo: «solo mueren los viejos», «peligra quien tiene patologías previas o crónicas», «hay que ofrecer tratamiento a las personas con más posibilidades de sobrevivir»... En resumen, la enésima necesidad de contraponer la identidad de los fuertes a la de los débiles.

Así que quiero responder a la provocación de Francesco con otra provocación. Me gustaría preguntarle: ¿por qué tienes tanto miedo a la enfermedad y la muerte? ¿Y si por una vez contemplásemos la idea de que forman parte de la vida? ¿Pregunta retórica? Tal vez no, si intentamos plantear la pregunta a los «otros». Para quien, como yo, es una madre enferma con una hija discapacitada, el virus es una contingencia más. Piccolo escribe: «Antes, si tenía alguna frustración, el abrazo de mis dos hijos me daba consuelo. Ahora, ese consuelo es mi tormento, ¿lo acepto o no lo acepto?».

Pienso de nuevo en aquel sombrío día de marzo de 2020; por suerte, lo tuyo solo fue una gripe. Entonces, igual que hoy, igual que mañana, tú no me podías abrazar ni besar, pero yo a ti sí. Sé que ese abrazo, antes que el mío, fue, es y será tu consuelo. Y no me da miedo darte consuelo.

27

Esta mañana fui a quimioterapia con buen ánimo. Me desperté a las cinco y media tras una noche de sofocos —manta arriba manta abajo, desabrocha el pijama abrocha el pijama—, pero tuve un sueño infinito de viajes, icebergs y tú, que bajabas de la silla de ruedas y te agarrabas a papá como un dibujo animado.

Desayuné y después hice cuarenta y cinco minutos de gimnasia. Hace semanas que intento estirar, ablandar, soltar el montón de huesos, tendones, músculos que los meses de quimioterapia han encogido, agarrotado, enredado. Me cuesta pero empiezo a ver algún pequeño resultado: una posición hasta ayer insostenible ahora es posible. Qué maravilla el cuerpo que vuelve a hablar, que respira, que sale de su doloroso silencio y se pone a cantar y te dice: «Existo, estoy aquí». El dolor no me ha derrotado, no me ha aplastado, he sobrevivido y estoy lista para seguir adelante. Unos pocos movimientos, sencillos, para descubrir que los brazos se pueden levantar aún, pese al puerto subcutáneo, que casi no duele, y aunque sea un poco molesto, basta con cambiar la O por una A e imaginar que se convierte en la puerta de entrada de la curación, una puerta oculta, como un paso subterráneo, secreto, pero siempre abierto a la acogida. Y una puerta abierta no puede hacer daño, ¿no?

Siento que el cuerpo me responde, le digo: «Sígueme, por favor, seré amable contigo, no te pediré demasiado, pero tú no me abandones». Le hablo, como al ser vivo que es. «Gracias, cuerpo, te quiero, quiéreme tú también».

Salí de casa y fui andando al hospital, con las mejores intenciones.

Sin ansiedad, fui a la consulta del médico residente de guardia. Me bastó echar un vistazo a sus dedos —las uñas demasiado largas—, que aporreaban las teclas del ordenador, para comprender que hacía sus primeras armas y estaba más nervioso que yo, y que de nada serviría decirle cómo me sentía realmente. A la pregunta de rigor: «¿Cómo está, señora?», contesté con un expeditivo: «Bastante bien». Me pareció notar alivio en su silencio. De todos modos, dentro de poco tengo la revisión con el jefe del servicio y sabía que, ante cualquier cosa que dijera o preguntara, la respuesta habría sido un descortés: «Coménteselo a él en la próxima visita».

Todo fue sobre ruedas hasta el momento en que ocupé mi lugar en uno de los sillones reservados para la quimioterapia. La enfermera me desinfectó el puerto con un algodón empapado y fue entonces, en ese preciso instante, cuando llegó el golpe. En armonía con el olor acre del desinfectante que me impregnó la nariz y, acto seguido, con el dolor de la aguja que perforó el puerto subcutáneo.

De nuevo la imagen de mí misma vista desde arriba, como en una película. Como si una cámara de vigilancia estuviera grabando la escena, una escena demasiado dolorosa para quedarse ahí dentro y vivirla. Mejor separarse del cuerpo y observarla desde fuera. ¿Qué veo? Mi cotidianeidad. No una condición transitoria, no un hecho pasajero, no una emergencia. Porque no es la excepción, sino la normalidad de la enfermedad lo que te aniquila. No es la urgencia de la intervención quirúrgica, ni el tratamiento de choque, ahí se dispara la adrenalina ante la montaña que tienes que escalar, se suspende el juicio y se reúnen las fuerzas, el coraje, la determinación. Sabes que si te detienes y miras, te precipitas y no te lo puedes permitir. De modo que a agachar la cabeza y a trepar. En cambio, cuando llegas a la cima y empiezas a caminar por un sitio llano y el sendero es accidentado —sí, hay piedras, están las asperezas del terreno, pero por lo menos se ha acabado la subida—, entonces puede que ahí te dé por levantar la vista para observar el paisaje que te rodea. Un instante y estás jodido. Como me pasó a mí esta mañana.

Sentada en el sillón, con la infusión en marcha, levanté la vista hacia el soporte del gotero del que colgaban las bolsas transparentes con los medicamentos. «Ada d'Adamo. ¿Fecha de nacimiento? Pertuzumab 420 mg en media hora», comentó la joven enfermera abriendo la válvula de seguridad fijada al tubito. Después siguió la conversación con sus colegas: el campamento de exploradores de su hijo, la compra de la ropa, la mochila que tenía que preparar. Las lágrimas empezaron a brotar sin preaviso. Lentas, silenciosas, discretas. Me puse las gafas de sol, acepté en silencio la chocolatina que una de ellas me ofreció. En estas circunstancias no hay palabras. Solo los ojos, un gesto imperceptible de comprensión. Es la rutina, la normalidad banal de la enfermedad.

8 de marzo de 2022

Es el día de la Mujer.

Un compañero de la escuela —estás en tercero de la secundaria— va a buscarte al aula de apoyo con un ramo de flores, pero hoy has faltado porque tienes consulta en el hospital.

Tu profesora de apoyo le hace una foto y le pide que grabe un mensaje de audio que después nos envía por WhatsApp:

Hola, Daria: soy Matteo, he venido a traerte unas margaritas que, en el lenguaje de las flores, simbolizan la sonrisa y me hacen pensar en ti.

28

Durante muchos años, los viernes por la noche, cuando papá llegaba a casa, apoyaba la cabeza en una almohada recién lavada, tal vez con el mismo y leve placer que yo había experimentado la noche del lunes anterior en contacto con esas mismas sábanas recién tendidas en la cama. En ese desfase temporal entre su almohada limpia y la mía, arrugada ahora por el uso, yo medía la distancia de nuestras vidas. Entre semana él dormía en un sofá, una manta que sacar del armario todas las noches y doblar por la mañana. Yo ocupaba la cama matrimonial, con un buen colchón y mucho espacio todo para mí. Sin embargo, nunca me atreví a ir más allá de la mitad que me correspondía, casi por temor a tocar su ausencia con la mano. En estos años jamás se me ha pasado por la cabeza la idea de acostarme boca arriba —una gran estrella de mar— o la de envolverme en el edredón llevándomelo a mi lado. Y mucho menos la de mover su almohada. Me quedaba ahí, tendida sobre el costado derecho, rozando el lado exterior, como al borde de un precipicio. Y todas las mañanas hacía mi mitad de la cama, asegurándome de que los pliegues de la sábana coincidiesen con la otra mitad, casi intacta.

Los fines de semana nos encontrábamos compartiendo un espacio que tenía las marcas de nuestra no convivencia, y yo me veía cada vez más incapaz de cruzar aquellos escasos centímetros que me separaban del frescor de su almohada.

Tras la huida de papá cuando se enteró del embarazo, siguieron meses de soledad y tormento. Después, cuando estaba a punto de hacerme la amniocentesis, él reapareció y, tímidamente, empezamos a estrechar lazos otra vez. No sabíamos cómo nos iría, pero ese regreso era un mensaje claro: de un modo u otro, él iba a estar presente en tu vida y en la mía, aunque yo no me atrevía a pronunciar la palabra «futuro» ni a marcar los límites de un espacio y un tiempo compartidos.

Cuando naciste —tal como eres—, él fue el primero, antes que yo, en acogerte con un amor incondicional, tú eras minúscula en sus manos grandes y fuertes. Te tomó en brazos y enseguida se convirtió en «papá».

No sé si para una pareja es posible llenar dieciséis años de distancia física. Ni siquiera sé si tiene sentido plantearse ahora semejante pregunta. Sé que nuestra vida ha sido así, que hemos escrito nuestra historia en la distancia y la ausencia, y que en esta historia los espacios en blanco han tenido tanto peso como las páginas escritas. Tuvimos la plenitud del deseo y de la pasión y los vacíos de las necesidades jamás satisfechas, las líneas apretadas de sueños y proyectos y los amplios márgenes de soledades repetidas, los bordes blancos de los días idénticos que los domingos nunca consiguieron colorear.

Más tarde, cuando la tinta empezó a borrarse, cuando parecía que ya no quedaba nada más que decir, que hacer, que esperar, llegó el virus para escribir una nueva página de esa historia. Tras años de soledad, un decreto del presidente del Consejo de Ministros nos obligó a cerrar filas y comenzamos nuestra convivencia. Después de haberla deseado tanto, incluso después de haber dejado de desearla, la vida en común podía resultar un desastre. Corríamos el riesgo de perdernos para siempre y, sin embargo, nos reencontramos. O por fin nos encontramos.

No era la primera vez que papá y yo vivíamos momentos difíciles. En realidad, cerramos filas desde que naciste. Ya sé que la metáfora de la guerra es manida, puede que hasta sea inapropiada, pero vuelvo a utilizarla porque en realidad no sé de qué otro modo definir nuestra trayectoria en esta vida si no es como una campaña bélica, de esas que en los libros de historia duran años y años en los que se avanza y se retrocede, se pasa de las trincheras a la retaguardia, se vive un compás de espera en el campamento base para rearmarse hasta los dientes, se cae para volver a levantarse, se enfrentan enemigos temibles, se siente regocijo por alguna escaramuza ganada, se reflexiona sobre las estrategias en torno a una mesa a la que se sientan las grandes potencias, se pierden unidades y se piden refuerzos. Siempre hemos tenido que luchar por algo. Al principio para construir un vínculo tardío que, mientras nos unía a nosotros, cortaba definitivamente otros lazos ya gastados, y después para encarar todo tipo de adversidades. Tu nacimiento pronto puso fin a nuestro ser dos: te teníamos a ti, debíamos luchar por ti, contigo y a veces incluso contra ti. Poco a poco, papá y yo nos diluimos en ti, fundidos en un único cuerpo de combate. Como mi nombre, que contiene las iniciales de nuestros tres nombres. Y tú estás en el centro, eres la consonante que une dos vocales y forma el nombre, la identidad.

Nunca hemos conocido una época de paz. Siempre hemos reaccionado diciéndonos: «De esta también saldremos», «Lo conseguiremos». Y puntualmente hemos abandonado las siluetas de nuestras soledades en los sofás para encerrarnos en la armadura de un abrazo que nos haría invencibles.

Tu abuelo ha sido el centro de nuestras vidas. La abuela orbitó alrededor de él durante casi sesenta años, como la Tierra y el Sol. Tu tía y yo, dos planetas profundamente distintos, completábamos este pequeño sistema solar, gobernado por férreas leyes de mutua dependencia. Él nos abrigaba con su calor, imposible no sentirse atraídas. Nuestras vidas han sido un intento continuo por medir las distancias, nos hemos debatido perennemente entre el peligro de acercarnos demasiado, de ahogarnos, de quemarnos, y el riesgo de alejarnos y salirnos de la órbita marcada.

«Todo se desmorona, el centro no resiste» es un célebre verso de William Butler Yeats. Cuando murió el abuelo, el sistema entero se hizo añicos. Y pocos días después, el estallido de una epidemia que jamás habríamos imaginado que viviríamos ratificó el fin de un mundo. Nada volvería a ser lo mismo.

Al principio nos quedamos atónitas, como al borde de un cráter abierto a nuestros pies después de precipitarse un astro. La pandemia dejó esta imagen congelada de nosotras, petrificadas, los ojos abiertos de par en par ante el vacío. Fue el tiempo de los recuerdos, los balances, las recriminaciones, las melancolías y los pesares. Meses de pensamientos y emociones triturados en la soledad forzada del distanciamiento.

Después, cuando el mundo volvía a moverse, resultó difícil poner otra vez en marcha nuestro pequeño sistema. Todo era distinto: las distancias, los pesos y las velocidades, la medida de las relaciones recíprocas. Y para mí, con este nuevo esquema, algunos elementos se reposicionaron ganando una centralidad de la que antes yo no era consciente.

Me costó mucho tiempo, pero al final de un largo recorrido por fin vi claramente esos lazos que durante más de treinta años me habían mantenido atada a mi familia de origen. Por más que me hubiese esforzado en aflojar los nudos, aquel vínculo era tan fuerte que no me permitía reconocer del todo a la familia que entretanto había formado con papá y contigo. Seguía mirando hacia atrás, al pasado, a lo que había dejado; alimentaba el sentimiento de culpa por haberme marchado, por haber querido una vida que, por el simple hecho de ser distinta, era entendida como una crítica a la de ellos. Y, al hacerlo, terminé por eclipsar el valor de lo que había construido a lo largo de los años, manteniendo al margen, como algo que no merecía demasiada consideración, los vínculos de amor, afecto y amistad consolidados con el tiempo, los que me habían alimentado y habían hecho de mí la que ahora soy.

Esta toma de conciencia tardía fue una liberación, como quitarse un gran peso de encima, levantarse y alzar el vuelo, tenía la certeza de no estar sola —como me había sentido siempre—, sino contigo y con papá, y con mi familia de elección, con mi bandada...

Vuelan los pájaros vuelan
por el espacio entre las nubes
con las reglas asignadas
a esta parte de universo
a nuestro sistema solar...

El estallido de la pandemia y el diagnóstico que confirmó el empeoramiento de la enfermedad hicieron el resto, dándome la medida de los abrazos negados, de las distancias y las cercanías, de los días y las horas pasadas, de lo que queda, del sentido de un final. Comprendí que estaba sacando a la luz fragmentos rotos hacía mucho, pero también sentí que había empezado a repararlos tiempo atrás. En ese momento dejé de resistirme, por fin me dejé llevar.

La boda fue una fiesta, un sí a la vida, esa promesa que dieciocho años antes no hubo necesidad de pronunciar pero que ahora declaraba que siempre había existido. Y revelaba su plan, su vocación, su llamada.

En los meses siguientes otros fragmentos quedaron reparados. Al cabo de dos años y medio de la muerte de tu abuelo, volvieron las palabras, todas juntas. Un río de palabras. Y cuando de mi dar silencioso floreció por fin el decir, comprendí que, aunque se había apagado el astro más luminoso de aquel antiguo sistema solar, tu tía, tu abuela y yo, pero tú y tus primas también, podíamos seguir brillando, cada una con una luz propia que iluminaría un nuevo sistema.

En el álbum de la boda está la foto en la que sales preciosa con tu blusa de pimpollitos de rosa y una flor grande en el pelo, de color fucsia, como mi vestido. Tu cara en estado de gracia, los labios violeta a punto de esbozar una sonrisa, la expresión soñadora, casi arrobada, encierran en una sola imagen las emociones de aquella tarde de septiembre, apenas una pausa en las preocupaciones, por fin el fulgor de la alegría encarnada en el puro presente, un instante que no se puede decir, tal vez se podría cantar, como sugirió Silvia (querida amiga, artista adorada) al final de la ceremonia:

Y bien: no es fácil quizá haría falta una canción
para acompañar estos momentos tan felices e intensos
que en una promesa reúnen
presente, pasado, futuro,
que constituyen una invención del tiempo.
El horizonte, que parecía estar atrás, está delante, luminoso,
abierto
lo ya vivido coincide con lo que Ada y Alfredo eligen hoy
para el mañana,
el sentido realizado y elegido de nuevo para este vivir.
Es evidente, Ada es una luz
y así lo atestigua su respuesta a la vida
la gracia en la diaria llamada a la vida.
Daria y Alfredo son su cuerpo,
su ascenso, su descenso,
su familia,
la dicha, la calma.
Juntos vuelven la mirada hacia donde no es posible ver.
Prometer es un arder sin tiempo que no teme la noche,
un nacimiento perenne.
Enhorabuena.

Silvia, como siempre, sabe encontrar las palabras: con vosotros, que sois mi cuerpo, me he prometido. No me da miedo la noche.

30

Anoche soñé que te morías. Yo estaba lejos, telefoneaba a casa y Elena, tu tata, me decía que te habías muerto. No quería creérmelo y me quedaba donde estaba, hablando con la abuela mientras íbamos en coche, entrando en el dormitorio de los abuelos, a oscuras, para coger dos bastoncillos como esos con los que te limpio obsesivamente las orejas, pero mucho más largos y rematados en un filamento. Luego salía e iba al baño, adonde poco después llegaba el abuelo. Un abuelo joven y delgado, con camiseta de tirantes y calzoncillos blancos, como recuerdo haberlo visto tantas veces de niña, provocándome una pizca de vergüenza. Me sentía dentro de un tiempo congelado: intuía que había ocurrido algo terrible, pero vacilaba en pedir confirmación. Después, siempre en el sueño, telefoneaba otra vez a la tata, que me repetía la noticia de tu muerte.

Fue como cuando en casa —tú solo tenías unos días y seguías hospitalizada y a mí ya me habían dado el alta— me entregaba al olvido del sueño de la tarde, deseosa de sustraerme al tiempo de la realidad. Por unos instantes me parecía que aquello no era más que un mal sueño: tu nacimiento, el diagnóstico... Me despertaba aterrada ante la idea de que para mí se había acabado todo, mientras que todo estaba aún por comenzar.

Fue como cuando me desmayaba y así, sin conocimiento, soñaba. Después algo del mundo real —una bofetada, una voz, una salpicadura de agua— se colaba en el sueño sustrayéndome de aquella burbuja fuera del espacio y el tiempo de la que no habría querido salir nunca.

Fue como cuando salía de la anestesia después de una intervención quirúrgica. Alguien pronunciaba mi nombre y me devolvía al interior de mi cuerpo, con el que con mucho gusto habría evitado retomar el contacto.

¿Dónde está el límite entre la vida y la muerte? En diálogo con Silvia Ronchey, James Hillman, ya próximo al final, pero «con los ojos abiertos: permaneciendo pensante, o sentiente, y sobre todo visionario», intenta dar una respuesta. «¿Está en el habla? ¿Está en la respiración? ¿En dónde está? ¿En el sueño? Esa es la pregunta».

Morir, dormir.
Nada más.

Incorporación

«¡Menos mal que con papá nos comimos ese trozo de pizza de calabacín!». En eso pensaba mientras me tumbaba para la sesión de radioterapia. Llevaba esperando mi turno casi una hora y ya no podía más. Solo me quedaban dos sesiones, pero en vez de sentir alivio porque pronto terminaría, la espera de ese día hizo que me hirviera por dentro toda la impaciencia acumulada en el último mes. Era el tercer ciclo de radioterapia de mi historia clínica: primero había sido la vértebra, después el pecho, ahora le había tocado al hígado. Cavilaba sobre las horas transcurridas en la sala de espera, sobre el tiempo empleado en llegar al centro, sobre las amigas que me llevaron en coche en lugar de tu padre cuando él no estaba. Raras y esporádicas ocasiones, porque él siempre estuvo ahí, incluso cuando no podía. Cuánto peso sobre esos hombros anchos, suaves, repletos de lunares. Hombros fuertes, hermosos y dignos de caricias, una de las cosas que hicieron que me enamorase de él. «Tápame», le pedía al comienzo de nuestra historia, porque siempre tenía frío.

Él se ponía detrás de mí y me rodeaba con sus brazos. Yo sentía que ese gesto me protegería del vendaval.

De modo que, ahí tumbada, mi mente volvió a aquel trozo de pizza que compramos en un horno después de dejar el coche en el lavado de los dos hermanos (sí, se llama así: «Autolavado Dos Hermanos»).

Treinta minutos, un tiempo muerto escapado de la hoja de ruta en la cual destacaba la sesión de radioterapia, esa sí, escrita con letra clara en el centro de mi Moleskine, justo a las doce del mediodía. Qué rica la pizza y cuánto disfrutamos del sabor de ese breve paseo: holgazanear delante de un café, detenernos a escuchar los gritos alegres de los alumnos de un instituto superior a la hora del recreo, sonreír al ver a un excéntrico señor vestido de rosa de los pies a la cabeza.

En eso pensaba mirando el panel en el techo de la sala mientras la máquina giraba alrededor de mi tórax desnudo. Qué frío hace siempre en estos lugares. Frío el aire, frías las manos de los técnicos que te colocan el torso, te bajan un hombro, te acomodan la cadera hacia abajo lo justo para que la diana quede centrada. Permanezco inmóvil, los brazos cruzados sobre la frente, la respiración regular, y sigo mirando el panel. Es un fondo marino poblado de peces de colores. Entiendo que lo han puesto para crear un ambiente relajado. Sin embargo, no relaja nada. Será que el corte de la imagen carece de profundidad, será que la idea de sumergirme bajo el agua siempre me ha aterrado, será que esos peces de rayas azules y amarillas no me inspiran simpatía alguna. Mejor cierro los ojos y me concentro en el recuerdo de la pizza. La próxima vez que papá vaya a los dos hermanos, en vez de levantar los ojos al cielo y tomarle el pelo por su obsesión de lavar el coche, me ofreceré con gusto a acompañarlo.

Es noviembre, dentro de poco cumplirás un año más. Dieciséis años. ¡¡¡DIE-CI-SÉIS!!! Nos dijeron que no sabían cuánto ibas a vivir, y para nosotros cada uno de tus cumpleaños ha sido un misterio de la vida, que gritaba: «¡Todavía sigo aquí!».

Es noviembre, ya ha pasado un año desde aquel día en que se me cayó el pelo y el tuyo se llenó de piojos... Son días complicados, siento que me hundo mientras en mi interior todo se desmorona. Una mañana —de esto hace un par de semanas—, encendí el ordenador y ya no veía bien. Las carpetas del escritorio, los mensajes de correo: todo aparecía desenfocado, en un tamaño de letra increíblemente pequeño. En las horas siguientes me di cuenta de que no leía los titulares de las noticias en la televisión, no distinguía las señales de tráfico. Llovía cuando volvíamos a casa tras visitar al oculista, en la mano llevaba el informe que indicaba un brusco aumento de la miopía, dos dioptrías en ambos ojos. Los faros de los coches se me echaban encima, oscilaban en los cristales, líquidas estrellas de cuatro puntas que se volvían redondas a medida que la distancia se acortaba.

¿Qué me pasa en la cabeza? Tengo dificultades para hablar y escribir, varias veces he enviado mensajes a destinatarios equivocados, por la calle pierdo el equilibrio, confundo una palabra con otra. Los médicos programan revisiones neurológicas, la resonancia craneal excluye repeticiones en el cerebro, pero los síntomas persisten, se agudizan.

Estoy aquí, tendida en la cama, y te escribo mientras afuera llueve, como cuando naciste, aquel noviembre de hace dieciséis años.

La merma de la vista, de la movilidad, la punción lumbar que me obliga a permanecer varios días tendida (¿encefalitis paraneoplásica?). Tu cuidadora pasa a ser también la mía. Los domingos papá nos levanta de la cama a las dos.

Y así, una vez más, me sigo identificando contigo. Mi cuerpo, aunque en menor medida, experimenta los límites del tuyo. Primero los conocía, los sentía, los tocaba a través de ti; luego, poco a poco, comencé a incorporarlos.

Incorporación: un concepto clave en el campo de los estudios de danza. Tiene que ver con la idea del cuerpo como lugar de la memoria, con la transmisión y el aprendizaje, con el paso de un cuerpo a otro de la información, las prácticas y las técnicas, por lo tanto, con la capacidad del cuerpo de crear conocimiento. Ignoro si este proceso llegará a completarse y cómo. ¿Ceguera? ¿Inmovilidad?

Poco después de conocernos, papá y yo acuñamos un acrónimo a partir de mi nombre, A(de)A: «Ada de Alfredo». Pero también: «Alfredo de Ada». Después, cuando tú naciste, ese «de» que estaba allí para expresar posesión recíproca (yo soy tuya, tú eres mío) se convirtió en una «D», la inicial de tu nombre. Él, yo y tú en medio, en el centro exacto de nuestro amor. Un amor de aire. Y mi nombre también está dentro de mi apellido. Al pronunciarlos juntos son un trabalenguas, algo de lo que siempre me he quejado: debe pronunciarse despacio para no pasar por alto esas sílabas repetidas que golpean y se lían en el paladar. De ahí parte este juego de palabras, veamos si te gusta:

d'adamo
d'ada~~mo~~
d'a(de)a
d'a(ri)a
d'aria

¿Terminaré disolviéndome en ti? Soy Ada. Seré D'aria, de aire...

Roma, septiembre de 2022

¿Cómo amar sabiendo que nos espera la separación? ¿Cómo ser plenamente y saber desaparecer?

No lo sé. Son las leyes de la vida, sus inescrutables coreografías, danzas para invidentes, un soplo ligero que nos roza la cara y las manos y aunque no veamos sabemos: la danza continúa.

CHANDRA CANDIANI, *Questo immenso non sapere*,
Einaudi, Turín, 2021

Materiales

Gravedad
Steve Paxton, *Gravity*, Bruselas, Contredanse, 2018.

Prólogo
Rita Charon, *Medicina narrativa. Onorare le storie dei pazienti*, Milán, Raffaello Cortina Editore, 2019.

3
«Todavía estoy lejos del punto del que partí», frase tomada de una carta de Pietro Metastasio. Se la debo a Emanuele Trevi, que la cita en *Sogni e favole*, Roma, Ponte alle Grazie, 2018.

5
De la enfermedad como entrada en el «lado nocturno de la vida» escribe Susan Sontag en *La enfermedad y sus metáforas. El sida y sus metáforas*, trad. de Mario Muchnik, Barcelona, Penguin Random House, 2020.

7
Agradezco a Francesca Pieri, que en su libro *Bianca* (Milán, DeA-Planeta, 2019), escribió una parte de nuestra historia de amigas y madres, dándome el impulso necesario para contar el resto.

8

«Adoro mia figlia ma avrei scelto l'aborto», carta a Corrado Augias en *la Repubblica*, 12 de febrero de 2008. [Corrado Augias (Roma, 26 de enero de 1935), periodista, escritor, presentador de televisión, dramaturgo y expolítico italiano. De 2001 a 2021 estuvo al frente de la sección de cartas de los lectores del diario *la Repubblica*. *(N. de la T.)*].

Valeria Parrella, *Lo spazio bianco*, Turín, Einaudi, 2008.

10

Después de estrenarse en París el 29 de mayo de 1913, *Le Sacre du printemps* fue rebautizada por la prensa como «Massacre du printemps». La historiadora de la danza Millicent Hodson reconstruyó la coreografía de Nijinsky que puede leerse en la obra *Nijinsky's Crime Against Grace*, Nueva York, Pendragon Press, 1996.

12

Danza cieca, coreografía de Virgilio Sieni, con Virgilio Sieni y Giuseppe Comuniello, Compañía Virgilio Sieni, 2019. En virgiliosieni.it se encontrará un fragmento del espectáculo.

Atlante del bianco, coreografía de Virgilio Sieni, con Giuseppe Comuniello, Compañía Damasco Corner, 2010. En YouTube se pueden ver fragmentos.

13

Estas son las páginas web sobre la HPE citadas en el capítulo:

Families for HoPE: familiesforhope.org.

The Carter Centers for Brain Research in Holoprosencephaly and related Brain Malformations: hperesearch.org. Desde esta página se puede acceder al vídeo *Living with Hope: Understanding Holoprosencephaly.*

Grupo de Facebook Hpe Oloprosencefalia.

17

Annie Ernaux, *El acontecimiento*, trad. de Mercedes y Berta Corral, Barcelona, Tusquets, 2019.

19

John Donne, *Paradojas y devociones*, trad. de Andrea Rubin, Valladolid, Cuatro Ediciones, 1997. La cita aparece en *Diagnosi e destino*, de Vittorio Lingiardi, Turín, Einaudi, 2018.

20

Sandro Veronesi, *Caos calmo*, trad. de Xavier González Rovira, Barcelona, Anagrama, 2008. Del libro se hizo una película dirigida por Antonello Grimaldi e interpretada por Nanni Moretti.

21

Silvia Ronchey, «Entrevista a Patrizia Cavalli», en *la Repubblica*, 27 de abril de 2019.

La canción es «Oggi sono io», compuesta e interpretada por Alex Britti en 1999.

Vittorio Lingiardi se refiere a la paradoja de Franz Kafka en su libro *Diagnosi e destino*, ya citado.

Severino Cesari, *Con molta cura*, Milán, Rizzoli, 2017.

22

La fiesta es una película de 1980 dirigida por Claude Pinoteau (título original: *La boum*); en Italia se tituló *Il tempo delle mele.*

Gozó de gran éxito en todo el mundo y marcó el debut de la actriz Sophie Marceau.

Amici miei, película de 1975 dirigida por Mario Monicelli, titulada en España *Habitación para cuatro*. Se estrenaron dos secuelas: *Amici miei Atto* II en 1982 (titulada en español *Un quinteto a lo loco*), también dirigida por Monicelli; y *Amici miei Atto* III, el cierre de la trilogía, en 1985, dirigida por Nanni Loy. La saga cuenta las gamberradas de cinco amigos cincuentones de Florencia que se burlan de unos pobres desventurados.

«Meraviglioso» fue compuesta en 1968 por Riccardo Pazzaglia e interpretada por Domenico Modugno. La canción tuvo un éxito renovado en 2008 gracias a la versión de la banda Negramaro.

Joan Didion, *El año del pensamiento mágico*, trad. de Javier Calvo, Barcelona, Penguin Random House, 2015.

23

«Dale, que nos recuperamos» (*Daje, s'aripigliamo*) es la exhortación, en plural, que Lorenzo le repitió a Severino Cesari, su padre, mientras duró el tratamiento de este. Véase el libro ya citado, *Con molta cura*.

La linea verticale es una serie de televisión basada en el libro homónimo de Mattia Torre (Nilán, Baldini+Castoldi, 2017). Disponible en RaiPlay, se inspira en la experiencia de la enfermedad y la estancia hospitalaria vivida por el autor, fallecido en 2019.

Hanya Yanagihara, *Tan poca vida*, trad. de Aurora Echevarría, Barcelona, Lumen, 2016.

Emmanuel Carrère, *De vidas ajenas*, trad. de Jaime Zulaika, Barcelona, Anagrama, 2011.

25

My Body of Coming forth by Day es un espectáculo creado, producido e interpretado por Olivier Dubois en 2018. Puede verse un fragmento en olivierdubois.org.

Deborah es la protagonista femenina de *Érase una vez en América* (1984), dirigida por Sergio Leone, con banda sonora de Ennio Morricone.

26

Chiara Bersani, «Il coronavirus e la narrazione tossica della disabilità», 2 de marzo de 2020, disponible en línea en pasionaria.it.

Your Girl, montaje de Alessandro Sciarroni, con Chiara Bersani y Matteo Ramponi, producción de Corpo Celeste, 2007. Hay un fragmento disponible en alessandrosciarroni.it.

Francesco Piccolo, «Maledetto virus, mi hai insegnato ad aver paura dei miei figli», artículo publicado en *la Repubblica* el 31 de enero de 2021.

29

El verso de William Butler Yeats procede de «The Second Coming», poema escrito en 1919 y publicado al año siguiente en la revista *The Dial*.

«Gli uccelli» , canción de Franco Battiato y Giusto Pio, 1981.

El sentido de un final es el título de la novela de Julian Barnes, trad. de Jaime Zulaika, Barcelona, Anagrama, 2012.

30

James Hillman, Silvia Ronchey, *L'ultima immagine*, Milán, Rizzoli, 2021.

William Shakespeare, *Hamlet*, acto III, escena 1.

Incorporación

La cita de Steve Paxton consta en la introducción de Patricia Kuypers en el número monográfico de *Nouvelles de Danse*, titulado *Incorporer*, 2001.

Índice